U0962839

时间啊请慢些走，
我想再等等那个人

时间啊
请慢些走，
我想再等等
那个人

〔韩〕朴光洙 著

金成林 译

中国出版集团 现代出版社

前言 PROLOGUE

任何人，只要是活着，
都曾对很多事情抱过茫然的
期待吧。

对人的期待应该是最多的，对还没到来的未来也会期待，对某种新鲜人或事也一定有过期待——他会是什么样的人呢？明天会是怎样的呢？天气是否会放晴？花儿什么时候绽放？今天是否该下初雪了？不知买了多少次但从未中过奖的彩票，如果哪天突然中奖了，用奖金做什么好呢？等等。像这样满心期待地想象着未来。

很多年以后，再去小时候住过的小区里走一走，在思念的旧日恋人的家门口徘徊，心里抱着小小期待，伪装成偶然撞见对方。

实际上，我发现人生中大部分的事情都和期待的不一样，根本不靠谱。

现实辜负了我的期待，最后真正实现的都是些不值一提的、微小的期待。比如买了一万多韩元的彩票，偶尔也就中个五千韩元的；心怀期待去小时候住的小区里走一走，遇到的总是那几个我不愿再见的人。

每年冬天下初雪的那天，我都会赶去德寿宫的石造殿，因为我曾跟初恋约定在德寿宫石造殿前见面。然而，出现在那地方的每次都只有我一个人和我的思念。

很多年我都是这样度过的。在经历过这些事以后，我终于放弃了很多。时间这位老师让我学会了放弃那些无论怎么祈求都不会回来的，学会了不再犯下相同的错误，不再错过同样的人或事。

随着年龄的增加，期待就会变少。对人的期待、对明天的期待都会减少。对天气的期待也会减少。无论遇到阴天、雨天，还是下雪天，那条路都要走下去。

既然我们必须得走那条路，无论如何都要走那条路，天气是好是坏又有什么关系呢？

随着年龄的增加，期待减少以后，和他人论是非的情况也就变少了。

下雨天，花瓣上会结露；下雪天，酱缸台上会积雪；晴天时，夜空中会有无数颗星星。这些都很美好。

我到现在才慢慢学会适应这些。

但是有一件事情，无论如何我都不愿意去适应和接受，直到现在还抱着很大的期待。

小时候我们家住在水蹦里，我是那个爱在胡同里穿梭的淘气鬼。每到夜幕降临华灯初上时，我妈就会跑到大门口大声叫我的名字。妈妈叫我只有一个原因——该吃饭了。

好不容易摸着黑穿过胡同走到妈妈面前，妈妈便会满面笑容张开双臂拥抱我，从不嫌我浑身脏兮兮臭烘烘。她把我带到洗手间洗净，把大拇指和食指放到我鼻子上，大声“哼”一下，我就会学着她的样子用力擤鼻涕，妈妈的手上便沾满了我的鼻涕。她看着我那黄色的鼻涕，“哎哟，真棒！”，露出一脸的欣慰。

现在想想，无论是现在，还是当时，我都不是什么值得她欣慰的儿子。

妈妈把我洗净后，我才能坐到餐桌前。无论是当时，还是现在，我妈做的饭菜一直都很好吃。即使是米其林几百个星的餐厅，也一定没有妈妈做得好吃。

并不是因为时间越久，思念越深，我夸大了对妈妈手艺的评价。对我自己而言，对我们很多人而言，世上最美味的莫过于妈妈做的饭菜。

可是就在几年前，妈妈被医生诊断患上了阿尔茨海默病，她的记忆力开始慢慢减退。一开始，她有时会想不起我们几个子女的名字。从某一天起，她忘记了怎么洗脸刷牙。做饭就更难了。熬汤时，想不起来自己是否放过盐，每次都会放很多，汤就会变得很咸。用煤气时常常忘记关火，锅总是被烧煳。而如今，妈妈几乎丢失了所有的记忆，就连一辈子深爱、挂念的儿子，也已经忘却。

妈妈卧病在床已过三年，然而，围着爸爸，全家坐在一起吃晚饭的情景还记忆犹新。我告诉自己那些日子不会再回来，可我还是无法放弃期待，希望着有一天妈妈能康复，能像以前那样笑着拥抱我，全家围着餐桌吃妈妈做的可口饭菜。

只有这个期待，我依然割舍不下。

如果可以，希望今天晚上就能梦见
这一幕。
如果只有梦中才能实现的话。
或许，
或许，
或许。

目录 CONTENTS

3

慢慢地，
P120 慢慢地， P167
慢慢地。

4

再一次，
P168 我们的 P217
春天。

5

真的，
P218 很美好的 P279
日子。

没人知道
自己的人生盒子里装了什么。
有一天
打开盒子，
会开出朵朵鲜花，
有一天
打开盒子，
会刮起台风。

打开盒子时，
不管里面装了什么，
都不要去埋怨任何人，除了你自己。
因为，盒子里装着的
都是你自己
播的种子结出的果。

1

我，
真实的，
我。

铁皮糖果盒里有很多不同颜色的糖果，紫色的是葡萄味，
红色的是草莓味，黄色的是香蕉味，白色的是苹果味。
我最喜欢的是白色的苹果味糖果。
我只想吃白色的苹果味糖果，
可每次，摇出来的都是不同颜色的糖。
想一想，铁皮糖果盒和我们的人生很像。
世上有很多种人生，我们很难完全按照自己的意愿生活。
如果摇出了不同颜色的糖果，也不要伤心失望。
与其伤心，还不如好好去品尝此刻自己手上拿的这颗糖。
放松点，去等待，总会等到那颗心仪的白色苹果味糖果。
我就是要这样，放慢脚步，
一边品尝，一边生活。

没关系

—

地少，没关系；
只要天足够大就好。
房子小，没关系；
只要被窝暖和就好。
烧酒配一块辣白菜，也没关系；
只要能跟聊得来的朋友共饮就好。
乡间小路，没关系；
只要路边开着一朵小花就好。
梦想微不足道，没关系；
只要幸福足够大就好。

没关系，所有一切都没关系；
只要好好去爱你所拥有的就好。

那些早已知道答案的问题

—

我是不是内心希望你
不要说出真相呢?
人活着，明明有些问题是不可以问的，
我却还是开口问了。

不用说，得到的答案
并不是我想要的。
一开始我就知道真相。
说到底，在你说的那些话中，
我只拣了我所需要的来听。

那些早已知道答案的问题。
一开始就不应该问的问题。

向自己提问时，
问对了，
它就会成为好的开端，
从而改变你的人生。
而你是否
问了自己对的问题呢？

不需要那么努力地活着

—

不需要努力让自己看上去是个好人。
不需要努力让自己看上去很幸福。
不需要努力忍住眼泪不让它流下来。
不需要努力装得很年轻。
不需要努力忍痛装坚强。
不需要努力让自己看上去很聪明。

老了就老了，
做好人或者“坏人”，就依着自己的性格，
想哭了就哭，
疼了就喊疼，
不懂就说不懂，
你不是为了证明什么而活着，
什么都不用去证明。

人们常常为限量版、
限定版的商品而疯狂。
明明是一样的东西，
也愿意花更多的钱去拥有。
可你有没有想过，
地球上每一个人
都是限量版、限定版。
别说数十个、数千个，
根本就是世上独一无二的唯一存在。
我们绝对值得自我肯定。
因为
世上绝无仅有的珍贵的存在
正是我们自己啊！

照镜子

—

有时候，照着镜子就会想，
我的内心里都装了些什么呢？
有一点挫折，
有一点愤怒，
有一点悲伤，
有一点恐惧。

我以为这些都只有一点点，
但累积在一起是否就占据了整个内心呢？
那些负面的情绪虽然看似不多，
但是否在慢慢积累，侵蚀着我的生命呢？

说到底，
这一点担心也是其中的一部分吧！

请记住，
如果你戴着面具待人，
对方也会和你一样
戴着面具待你。这样一来，
双方都无法知道对方究竟长什么模样。
好了，快从擂台上下来，
摘下面具吧。

不要向任何人
提什么建议。
但请你
像你建议他人的那样
过活。

那支名叫“年轻”的箭

—

我那个在公司上班的朋友告诉我，
他一直自信自己还未老去，比同龄人年轻，
但是最近公司聚餐时，他发现有两个信号提醒自己已经老了。
第一个信号，他为对面的员工倒酒，
对方双手捧着酒杯转过身去喝；
第二个信号，团队聚餐结束后，其他人三三两两去小聚，
只落下他自己。
他说，每次团队聚餐结束后，自己就孤零零地回家。
还说，以为自己还年轻，和年轻的下属们在一起时
并未感到有太多代沟，
却在那一刻发现现实并非如此。
我和他情况差不多，听完只能报以苦笑。
那些微不足道的小事居然会给我们留下伤痕。
看来，变老是令人伤心的。
想到这里，我心里一紧。
任何人都会变老。
年轻，就像某某说的，像支箭似的嗖地飞过。
我和那个朋友，若想和那帮年轻人愉快相处，
就得闭上嘴，少唠叨，
不要开口闭口说教。
有那时间，不如去管好自己的人生。

总有一天你会苦恼。
在这里，到时间就有人
喂你吃的，喂你喝的，
很舒服。
你只要偶尔叫几声就好。
可你，不好奇
用那双翅膀究竟可以飞多远吗？
不要忘了，
你生来就是为飞翔而存在的。

当“鬼”的特权

–

小时候和小伙伴们玩捉迷藏，
当“鬼”的我，径自回了家，并没去找小伙伴们。
别人一直躲在那个我找不到的、也没去找的地方
大气不敢出地藏着，而我，
在家吃着妈妈做的香喷喷的饭菜。
通过这件事我明白了当“鬼”，可以像幽灵一样
自由地去往任何地方。

我好想再当一次“鬼”。
变成一个可以去任何地方的“鬼”，
去找你。

不要给自己设定一个
达不到的目标。
这样
很容易感到疲倦。
只想着下一步
踏踏实实迈出步子。就这样
稳稳地向前走，那个
你在起点时想去的地方
自然就会出现在你的面前。

一天一天地累积

–

楼上那个少女
每天放学
回到家就会弹钢琴，
弹得很差劲。
楼下的我
就像一个检察官。
她每天都在练习
可并没有太大长进。
检察官虽未注意到，
但少女一定是在慢慢地、慢慢地进步着。

就像隔了很久之后
再次见到朋友的儿子，感到时间飞逝，
仿佛一眨眼他就长大了。
时间一天一天过去，某一天
就会发现他长大了很多。
我喜欢听着少女的钢琴声
写字。
每天都在写，
即使每天都写得很差劲。

疼了
就说疼。
怕了
就说怕。
累了
就说累吧。
骗世上所有人，
也不要
欺骗你自己。

直肠子

—

直肠子原本是指
吃了什么
没等消化
就会拉什么吧。

我也是个直肠子的人，
吃了诗的那一天，
我必定会拉出一两行诗来。

吃了赞美，
就拉出赞美。
吃了责骂，
肯定会拉出责骂。

谁让我是个直肠子的人呢？

假如世界是把火，
而我是把刀，
我输了
就会融化、消失，
我若撑过去了
就会变成更坚硬的刀吧。

今天的天气

–

一天之内
天气时而下雨，时而刮风，
时而打雷，时而刮起暴风雪。
一会儿天晴，
一会儿又下起雨来，甚至下起冰雹。
阴天往往比晴天多。
一天之内的天气
甚至会有数千次不可预测的变化。

这就像我们的内心世界，
仅仅几秒就能将晴天变成
乌云密布的阴天。这就是我们内心世界的天气。

只要保持冷静、静心应对，
内心世界的天气大部分还会是晴天。
我们无法掌控外部世界的天气，
但可以掌控自己内心世界的天气。
心里若是晴天，我们身处的外部世界
天气如何并不太重要。
无论外面下雨、下雪还是打雷，
我的心可以一直沐浴在阳光里。

不要
顺着道路走，
顺着你的心走吧。
只有那一条
才是真正的路。

只要是活着
任何人
都会犯错。
!
!
失误
失误

同样是犯了错，
有的人忙着
隐藏自己的过错，
有的人总结教训
让内心的见识
增长一寸。

手里有钱的好处
倒不是因为有了钱
就能做我想做的，
而是有了钱
就能拒绝我不愿意做的。
所以对我而言，
金钱，意味着自由。

唯独缺少了一样

\-

活在世上，与人交往，有件事我一直觉得不可思议，
那就是无论是谁，都一定有某种欠缺。
有的人有学识又谦虚，却穷困潦倒；
有的人有钱有学识，却傲慢，缺乏一颗谦虚的心；
有的人有钱有学识还谦虚，心却冰冷得像机器人一样；
有的人有钱又谦虚，还有一颗温暖的心，却无知得
让周围的人目瞪口呆。

有人说，
人到了这个程度，缺一样又如何？
有钱有学识，不谦虚又如何？
有钱有学识又谦虚，冷漠一点又如何？
都活到这种程度了，缺哪一样又如何？
每当碰到这种情况，我都很好奇，所有只缺一样的人，
是不屑于去拥有那一样，还是没能力去拥有呢？

没钱、学识低也不谦虚，
有的只是这一身肉的我
很想知道为什么。

感觉
还未曾迈出一步
却一不留神已走了四十六年。
辛苦了。
让你受苦了。

垫脚石

–

每次走过
都觉得很辛苦
心想“好累、好烦”。
可回过头看看
却发现每一块都是宝石。

我人生的
垫脚石。

记住，
只要有意志，
任何地方
你都能去。
因为你，
生来
就有翅膀。

坚持

–

不要生气，
以笑脸
待人。
遇到的人
不管有钱
没钱，
地位低
地位高，
都要一视同仁。
要更有诚意更正直
更亲切更善良。

就这样
控制着只有自己才能控制的自己
过好每一天。

没有谁
能操控你。
能操控你的
任何时候都是你自己，
唯有你自己。

无用的好奇心

–

一个人问正在登山的人：
你为什么要爬山？
一个人问富人：
这么多钱，到底要花在哪里？
一个人问和尚：
为什么不能杀生？
一个人问妈妈：
为什么要生我？

知道答案又能怎样？
你已经出生，已经在吃肉，
望着山不去爬，也没有什么钱。
反正那些都跟你无关，为何还要好奇？
问了又想怎样？

走自己的路，
不要去依赖
第一次听到的
汽车导航的女声语音。
依靠其他人找到的地方
下一次靠你自己是绝对找不到的。
相信自己，看着窗外开车。
只有窗外的风景
才是最有效的路标。

不要总想活成
比自己更好的人。
活成自己就好。
但要想做到这一点，
就得先了解自己。

以花的心情

-

没有当过花
就不知道花为了绽放
付出了多少努力。
没有成为风
就不知道风以什么心情
一直吹到那么高的山顶。
有时候，花会随风舞动，
有时候，风会载着花的种子。
但花与风依然是不同的存在。
花要以花的心情活着，
风要以风的心态活着。

世上最宝贵的我

–

不管在何处，
不管在什么情况下，
都不要忘记，在心里默念
或者张嘴大声念十遍。
我最美。
我最美。
我最美。
我最美。
我最美。
我最美。
我最美。
我最美。
我最美。
我最美。

无论是外表还是内心，
世上我最美，我最珍贵。
要记得常对自己说。

我人生的
主人公就是我自己。
没必要因为
围观的人群而
让自己的人生摇摆不定。

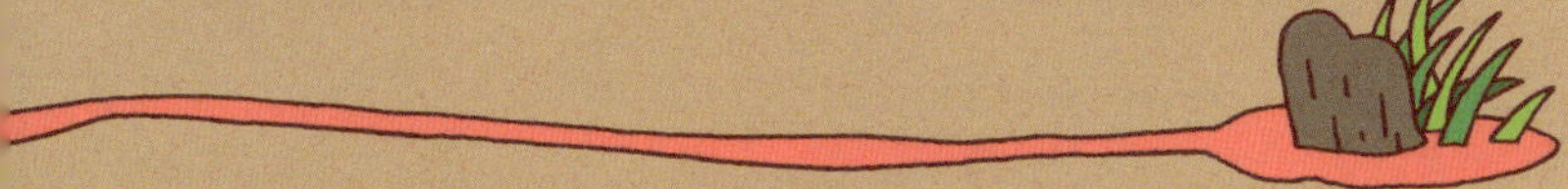

是啊，歇一会儿再走。
歇一会儿
完全没关系。身上出的汗
风会帮你吹干。
但不要忘记，
你只是歇一会儿，
待会儿还要继续走。今天
停下脚步，明天
就得跑了。

2

你好，陌生的人。

从小就很要好的朋友
总为一些类似的事情
吵架，终于闹到分手，
说好再也不相见。
分手后大约过了一年，
朋友给我发来一条信息，
说我们和好吧，
再好好相处吧。
我很感谢他，
但没有回复，也没有与他和解。
我不愿意因为相同的事情
失去一个人两次。
我觉得像现在这样不相往来
挺好。

伞

–

下雨天
在屋檐下
手举着伞躲雨。
心里乱成一团麻，
看着手上那把撑不起来的伞，
心想要丢掉它，还是带它回家？
真是苦恼。

望着那把伞
突然想起一个跟它很像的朋友。
还是扔掉吧。

哭声

—

每个人的哭声都不同。
挨了老公打而哭泣的女人
和为孩子生病而哭泣的妈妈，哭声是不同的。
遭人抛弃的人
和看着悲伤的电影而落泪的人，哭声是不同的。
想放声大哭的人
和不想哭却忍不住哭出来的人，哭声是不同的。

你一定也曾听过
风在飕飕地哭泣。
你一定也曾看过
路灯在眨着眼睛哭泣。
你一定也曾注意到
小草在弯腰哭泣。

整个小区都被囚禁在名为“孤独”的铁窗里。
不知从何处传来了哭声。
今夜，很想陪她一起哭。

对正在哭泣的人说
“别再哭了”，
没有比这更愚蠢的事了。
此时你需要做的
只有默默陪他。
默默地等候。
抽出一张纸巾
小心翼翼地递给他。

倒塌过后
反而很寂静。
倒塌的过程中发出的声音
才是最大的。在你周围
大声来诱惑你的那些人，
大部分都是正在倒塌中的人。

宿命论者

—

世上的一切都是命运的安排。
你变成这样，我变成这样，
都是命中注定的。我们绝对不能
逃避命运。所以还是接受吧。

唾沫横飞地和我谈论宿命论的宿命论者
说完自己的观点，
便启程奔向了自己的目的地。

走到铁道口时，
他环视了一下周围，
小心翼翼地穿过了马路。

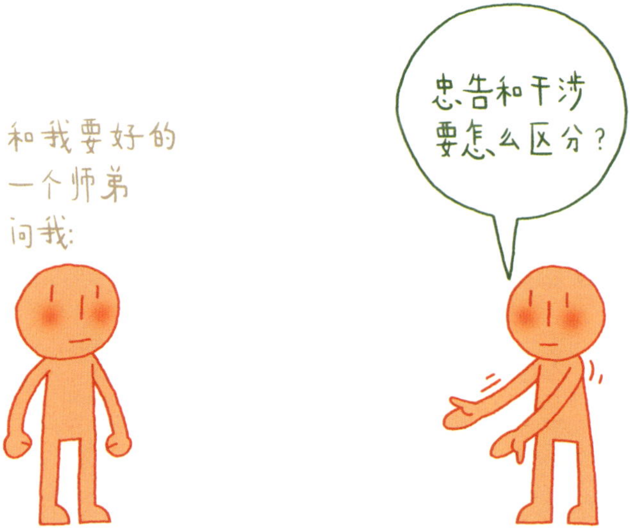
和我要好的
一个师弟
问我:
忠告和干涉
要怎么区分?

心情不爽就是干涉，心痛就是忠告！
！

冬去春来，
春去夏来，夏去秋来，
季节就这样不停更迭。
与此同时，花开花谢，莺声婉转。
而你，是否掉入了手机这口井里，
看不见花开，听不到鸟鸣呢？
到时间了，请你
赶快跳出来吧。

夹板

–

若想把弯曲的树枝扶正
就得绑上夹板。
若想让生锈的刀刃变得锋利
就得用磨刀石打磨。
夹板会帮树枝直立，
磨刀石会让刀刃恢复锋利。
对人而言，思考就是夹板，
阅读便是那磨刀石。

我们应该多阅读，
也给自己时间去思考人生。

世上的人都喜欢亲切和蔼的人。
对于那些善良亲切的人，如果别人也能如此对待他固然是好。但大多数情况，并非如此。
人们心想，没关系。
“他会理解的，因为他是好人，没关系。”
怎么可能？世上怎么会有这样的人？
相反，对于那些不好相处、脾气大的人，虽然不是出自真心，我们却会更多地顾及他们的感受，并亲切对待。
正是这些理由、这些行为
才导致世上亲切的人越来越少。
说到底，这世上好与坏，
都是我们自己造成的。

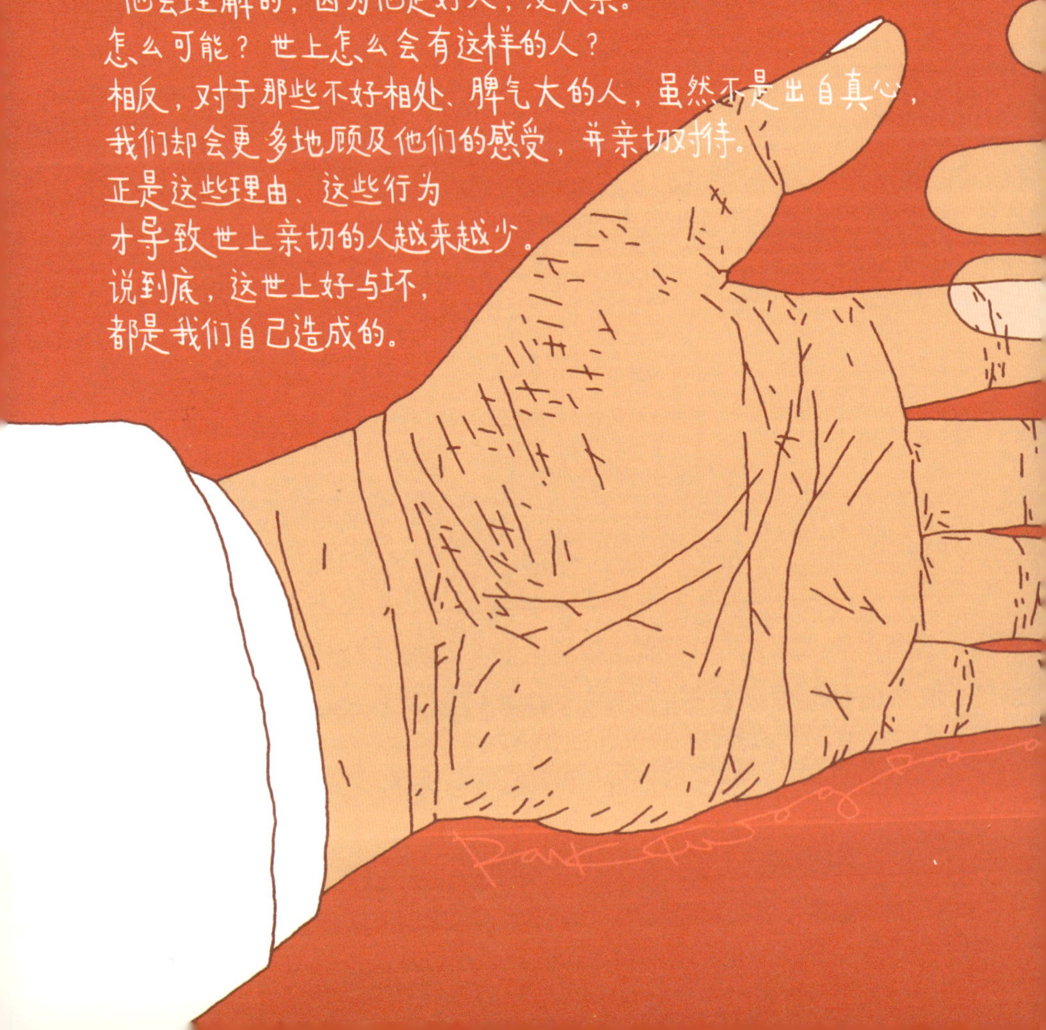

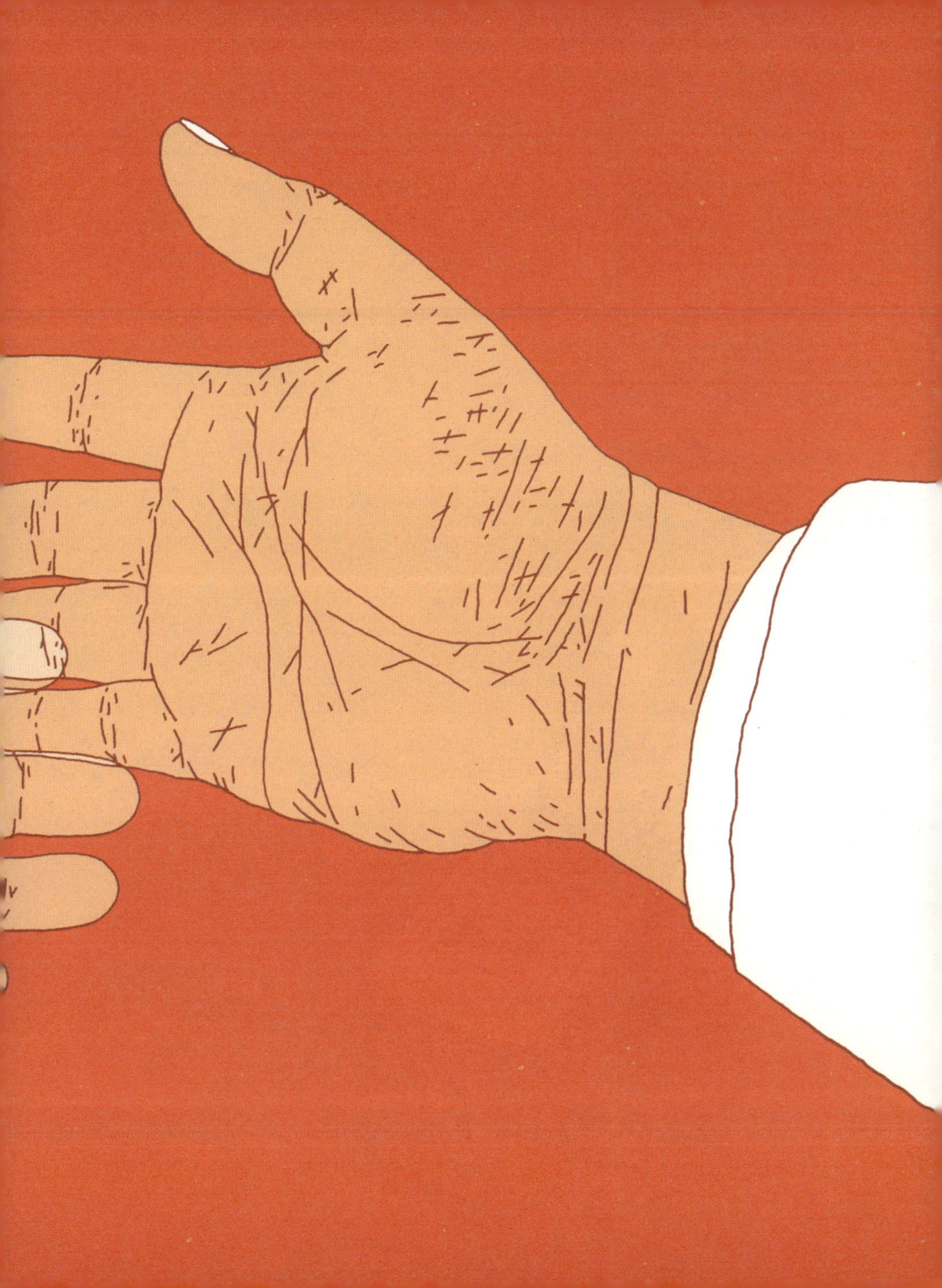

没必要
对所有人冷漠。
但也没必要
对所有人亲切。
和所有人都是朋友的人，
那他一定
谁的朋友也不是。

任何地方

-

对别人来说没什么特别的地方。
有一次，有阵风吹到那里，
让我的心如水草般荡漾。

缘分总是太沉重。
本不应该再结缘，
却在一个并不特别的地方
结下了缘，而那里
便成了对我来说很特殊的地方。

我或许可以做任何事。
我什么都能做，
但我什么都没有做。

每一根树枝上
都挂着
从天而降的鸟儿们。
连鸟，也不会随便
和任何树枝结缘。

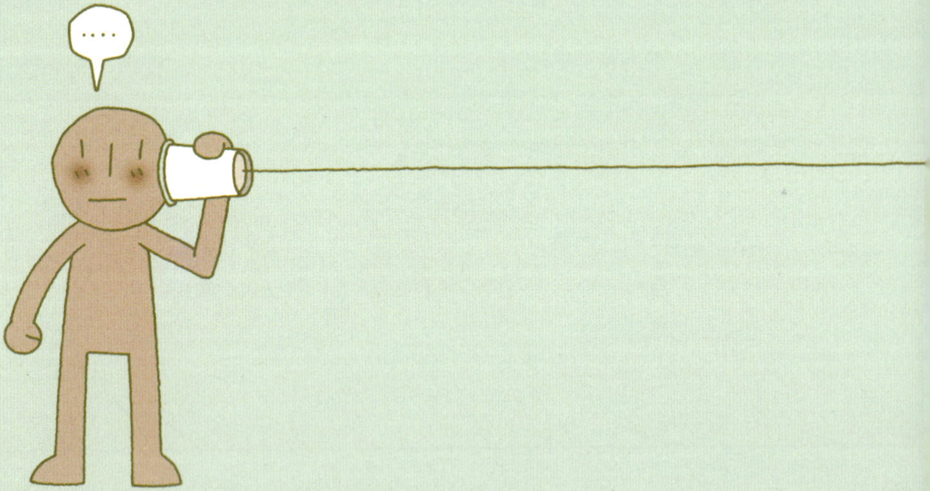

沟通的第一步是沉默。
我闭嘴，对方才会开口。
“你为什么不沟通？”
你越催，对方越不会张嘴。
所以，请你闭上嘴。

不要说
“我原谅你”。
“原谅”这个词
如同
你高高在上
俯视着对方说出的话。
请你站在同样的高度
请求和解。
让对方能感到你
内心暖意的
一次和解。

谦虚的心所属的地方

-

下来吧。
如果你想与谁和解的话，
请你从高处走下来，
走下楼梯，
走到地面。

如果你想请求与谁和解，
不管身在何处，
请你走下来，到最低的地方
向对方伸手求和。
水总是自上而下地流。
而谦虚的心，
总是属于最低处。

万物之下

–

土地身处最低处，
没有比它还低的。
世上所有人都站在土地之上，
却没有人对它心怀感恩。
还把肮脏的
变质的东西扔在地上。
可土地呢，总是敞开胸怀接受这一切。
学习土地的包容，
学着接受病痛、孤独、绝望
和所经历的一切。

– 故 金寿焕《枢机》–

若能在最底层
接受所有的一切，
就连腐朽的也包容其中，
散发出芬芳气息。

要去原谅。
原谅，并不只是
为了宽恕对方。
通过原谅
也不再让受过伤的负面记忆
支配我的余生。

没有人会去踢一条死狗。
如果有人向你露出敌意，
说明你还活得好好的。
所以，不要为此感到痛苦、
悲伤或愤怒。

这很好

–

人们喜欢
这样谈论我：
那小子已经没救了，
他是在我见过的人里面
最坏、最差劲的一个。
人们还喜欢
这样谈论我：
那小子没有道德感，
他是在我认识的人里面
最没有责任心的一个。

这很好。
对我没有期待
表示
我现在做什么
也不会有太多人指责我。
只要我自己对自己
抱着很高的期待活下去就好。
你们给了我免罪符
让我做什么都可以。
这简直太好不过了。

对讲机若要发挥自己的功能
至少需要两个。只有一个
便是无用之物，这就是对讲机。
可我们
只想听自己想听的话。
即使有两个，
如果另外一个关闭，
剩下的那个就变得毫无用处。
此刻，你的对讲机
是开机状态吗？ Over。

秘密

-

秘密——
那些秘密
作为秘密消息
秘密地
变成了新的秘密。
秘密——
那些秘密
作为秘密
秘密地
被泄露的那一天。
不是秘密的
秘密。
谁也没有守住秘密。

从今天起

–

喜悦时
不要去许诺。

愤怒时
不要去争辩。

悲伤时
不要去决定。

这不是
提醒，
而是给你开的处方。

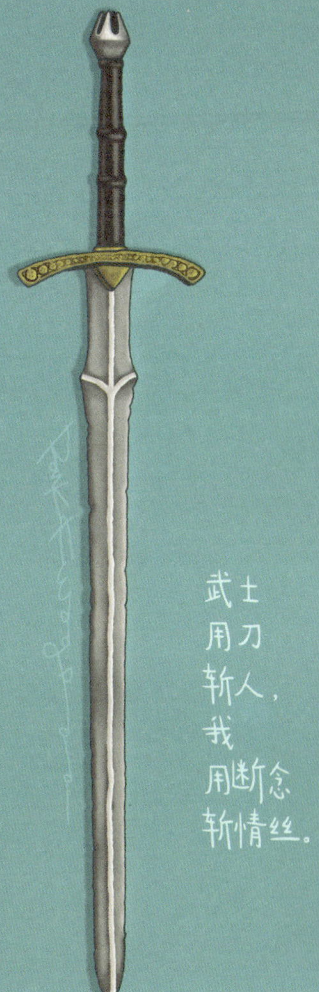
武士
用刀
斩人，
我
用断念
斩情丝。

靠计算器，算不清
我和你是如何
陷入爱情的。
靠计算器，算不清
我是怎么爱上你的。
计算器
根本算不清这些。

不去算计的人生

–

人们总说，
不算计，就会吃亏。
没有人相信
这世上还有人不去算计。

人们总在算计。
在小区里的小卖铺买东西付款时会算计，
为别人做事前，
会在心里默默算计给我带来利还是弊。
但是请你仔细想想，
做事业的人，自然需要算计清楚。
但你是否也能意识到从长远来看
人与人之间的算计并无益处？
要靠友情去解决的，你非要用钱去解决；
要用钱去解决的，你非要用友情去解决，这确实是个问题。
但人生不会完全按你算计的进行。
有时候，放下计算器，坦诚相待吧。
如果你先这样做了，对方也会觉得羞愧，
会把掏出来的计算器放进兜里，也坦诚地对待你。

最后一刻

结束了。
刚过子夜十二点，
米酒店的老板娘在我身后对我说。
她用力地收拾着旁边桌上的餐具，
乒乒乓乓，
仿佛是故意弄出声来给我这个还在磨蹭的客人听。
可我的身体还粘在椅子上，丝毫没动。
眼前的状况逼着我离开。
起来吧，我起身，该走了。

米酒店外依然是冬天。
一出门，凛冽的寒风像一个训练有素的小偷偷袭我的身体。
似曾相识的感觉。
和你分手的那个冬日，
我站在街上，寒风袭来。
想起来了，你对我说了
跟米酒店老板娘一样的话。
结束了。
你该走了。
对无家可归的我说道。

"我并不寂寞"。
一个人时
若是对自己说过这句，哪怕只有一次，
你都是寂寞的人。
真正不寂寞的人
甚至都没有时间
想起这样的话。

有人说，
忍了九十九次，
假如第一百次你生气了，
就等于
你记仇了九十九次，终于发了火。

嗯，对。拧巴的、乱成一团的、
生气的、悲伤的、冤枉的，
人活着，就要及时解开
这所有的一切。

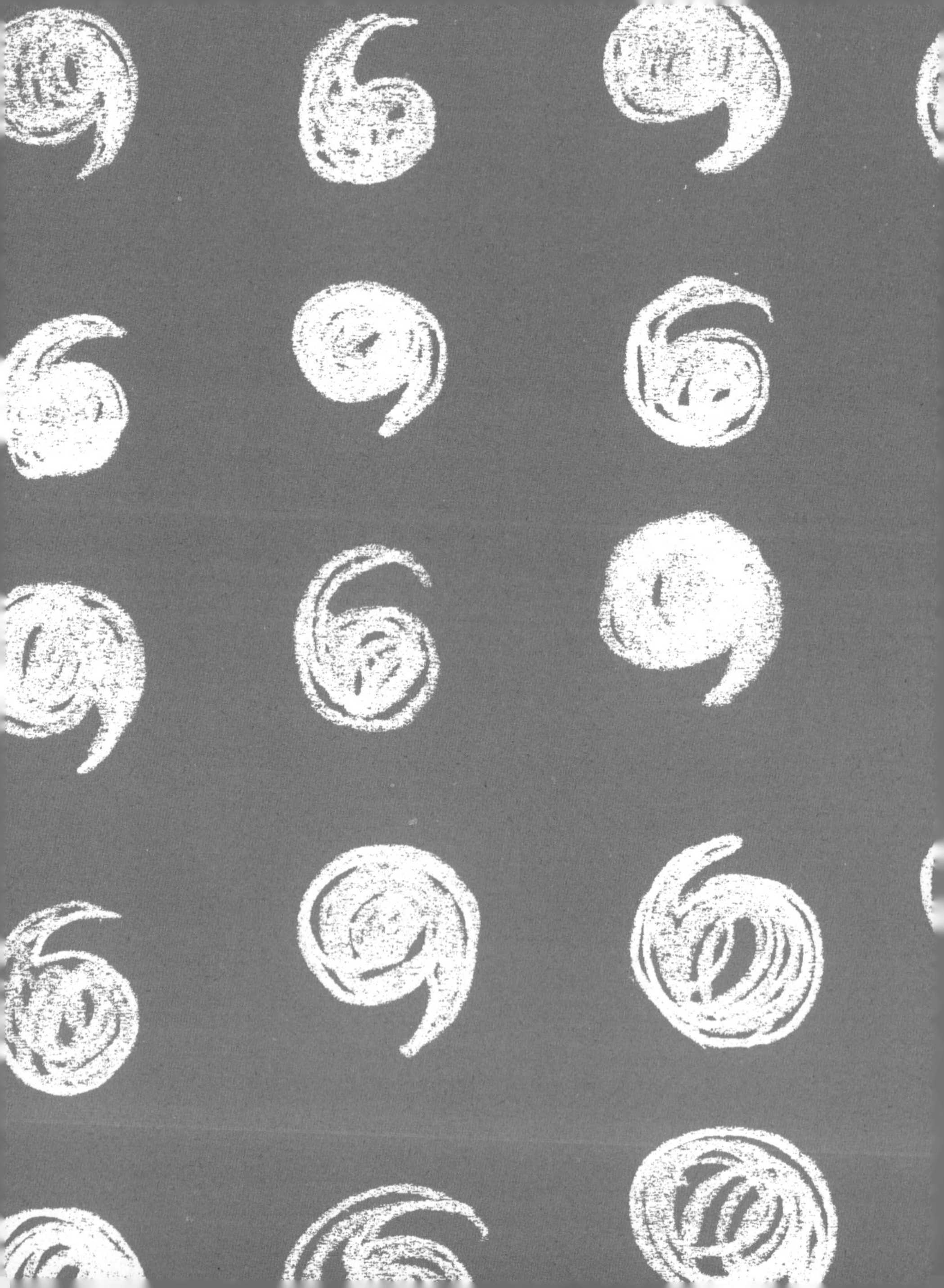

3

慢慢地，
慢慢地，
慢慢地。

所谓阿尔茨海默病

就是沿着年轻时候
辛辛苦苦走过的石子桥
回到对岸。

在回去的路上
每走过一颗石礅
都会抹去身后路。

而此时在她身边的你
千万不要因为心里难过
就不耐烦或发脾气。

对她来讲
那是理所当然的。

你唯一能做的
就是站在此岸
微笑着挥挥手，露出灿烂的笑容
祈求对方慢慢把你忘却。
慢慢地、慢慢地……

赚了钱或有了地位的人总喜欢
先去买一把昂贵又舒适的椅子。
仿佛椅子能证明他现在的地位一样。
总是不满足于现在的椅子，总是想要买更贵更舒适的椅子。
于是就这样一直不停地买更贵的椅子，
直到有一天买到了据说是最贵
最舒适的椅子后，
才意识到
没有哪一把椅子能胜过
没钱没地位时妈妈的怀抱，
那么温暖而舒适。

一次又一次

—

无处可依时

我需要的是你。

无处可藏时

我需要的是你。

无处哭诉时

我需要的是无条件包容我的你。

当你再也无法陪伴我时

我已经无处可依无处可藏无处哭诉了。

现在我才知道。

存在的意义是通过“不在”来证明的。

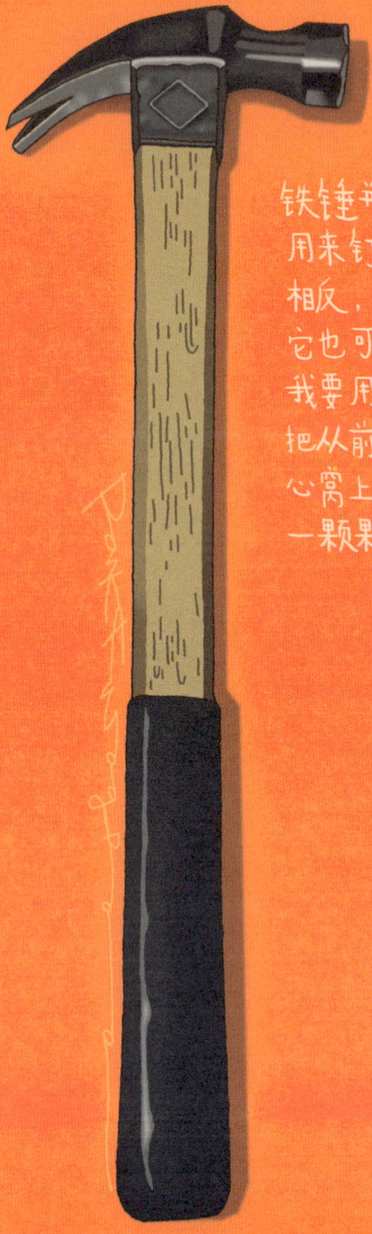

铁锤并不只是
用来钉钉子的工具；
相反，
它也可以拔掉钉子。
我要用我的铁锤
把从前钉在别人
心窝上的钉子
一颗颗地拔掉。

未完成的事

-

听说，因为阿尔茨海默病住在疗养院的老妈
明明什么都不记得了，
却在每当听到别人说“小儿子”这个词的时候
就会“唉”地叹一声气。
只要听到我的名字或“小儿子”就长长地叹气。
去看望她的人，看到她这个举动都会付之一笑，
而我，却笑不出来。
忘却了全部，却还是在记忆深处
惦记着我这个不争气的小儿子。
我应该在老妈还健康时，
在她的记忆尚在时，
把她心上的钉子拔掉才是。
而现在，为时已晚。

日后，它将成为我心中永远的痛。

妈妈的身体里有一个钟表。
无论是和朋友天南海北地聊天，
还是观看喜欢的电视剧，
无论做什么事，
只要一到下午四点半，
妈妈身体里的钟表就会响起来。
要做饭！
要做饭！
天塌下来都要停下手中的事情
赶回家去做饭。
妈妈身体里面的钟表在嘀嗒作响。
这真是世上最悲伤的钟声。

灵魂的停电

—

曾经在某处看到过
我尊敬的诗人黄芝雨把患有阿尔茨海默病的老母亲
比喻为“灵魂的停电”。
我虽然很尊敬诗人黄芝雨，
但是这个比喻我不能苟同。
之所以不能同意是因为
我若信了这句话，那母亲的一生就太让人心碎了。
我的母亲和诗人的母亲一样患有阿尔茨海默病。
她虽然已经不记得我这个小儿子，
注视我的目光虽恍惚，但是生命之火还未熄灭。
作为儿子，我是能感受到的。

既然这样，我宁愿做母亲的发电机。
即使她现在停止运行，但靠我的努力供电，
总有一天灵魂还能重新运行。
我多么希望自己是那座只为母亲供电的发电机。

今天

—

咔嚓！咔嚓！咔嚓！咔嚓！咔嚓！咔嚓！咔嚓！咔嚓！咔嚓！咔嚓！
咔嚓！咔嚓！咔嚓！咔嚓！咔嚓！咔嚓！咔嚓！咔嚓！咔嚓！咔嚓！
咔嚓！咔嚓！咔嚓！咔嚓！咔嚓！咔嚓！咔嚓！咔嚓！咔嚓！咔嚓！
咔嚓！咔嚓！咔嚓！咔嚓！咔嚓！咔嚓！咔嚓！咔嚓！咔嚓！咔嚓！
咔嚓！咔嚓！咔嚓！咔嚓！咔嚓！咔嚓！咔嚓！咔嚓！咔嚓！咔嚓！
咔嚓！咔嚓！咔嚓！咔嚓！咔嚓！咔嚓！咔嚓！咔嚓！咔嚓！咔嚓！
咔嚓！咔嚓！咔嚓！咔嚓！咔嚓！咔嚓！咔嚓！咔嚓！咔嚓！咔嚓！
咔嚓！咔嚓！咔嚓！咔嚓！咔嚓！咔嚓！咔嚓！咔嚓！咔嚓！咔嚓！
咔嚓！咔嚓！咔嚓！咔嚓！咔嚓！咔嚓！咔嚓！咔嚓！咔嚓！咔嚓！
咔嚓！咔嚓！咔嚓！咔嚓！咔嚓！咔嚓！咔嚓！咔嚓！咔嚓！咔嚓！

今天我会按一百次
相机的快门。妈，您要笑一百次哦！

想再次看到
妈妈的笑脸，
想对妈妈说：
“一、二、三，
您笑一个。”
咔嚓！

慢慢地，
慢慢地，
慢慢地。

致妈妈

现在我能为您做的
就只有抱紧您，
给您一个肩膀，让您在疲惫时靠在我肩膀上
喘着粗气休息一会儿。
在和我拥抱时，您还能感受着我的体温，
感觉到这世界还是温暖的。

这是我作为您的儿子能为您做的
最大的事。
这是我作为您的儿子能为您做的
最好的事。

我年轻的时候，
妈妈会用熨斗烫平我的外套，
就连内衣也烫得一点褶子都没有，
她告诉我说：
“儿子，对男人而言，
内心光明磊落比外表没有褶子
重要得多。”

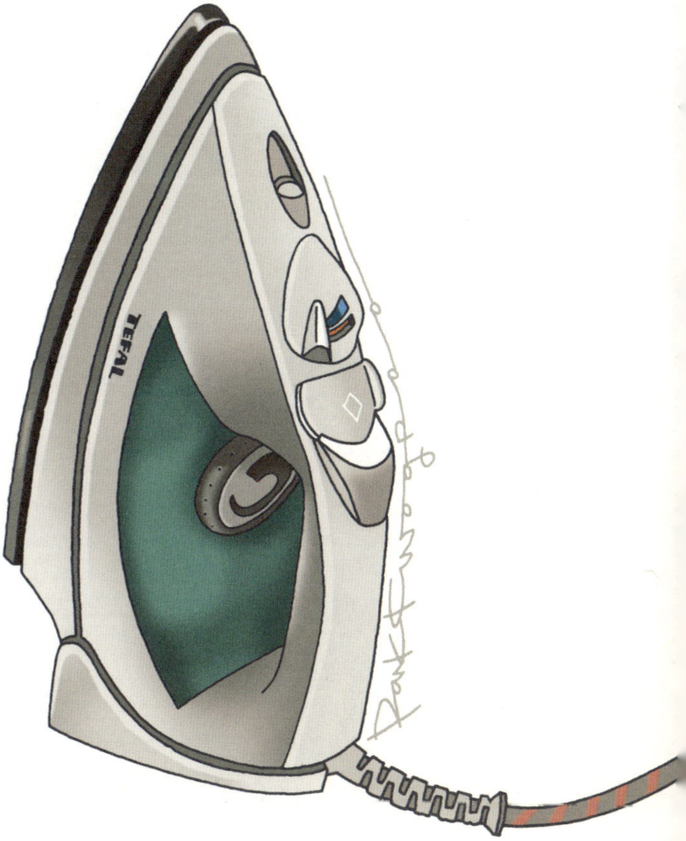

从年轻时独自
把儿子拉扯大的老父亲
生病即将离开人世时
儿子问道：“爸，还有没有要我做的？”
老父亲微笑着让儿子
准备一束花。儿子一脸诧异。
老父亲笑着说道：
“这不是好不容易要见到
媳妇了嘛！”

离席的曾经

—

活着，就像是在赶流行。

二十几岁时，每到周末就得去参加婚礼。

不能比新郎帅、不能比新娘漂亮的基本礼仪

让它们见鬼去吧，我要精心打扮去参加婚礼。

三十几岁时，周末则排满了各家孩子的周岁生日宴。

曾几何时鼓励只生一个娃的标语和海报满天飞，

而如今，动不动就生出两三个小生命，

至于能不能负责另说。即使我有不满，也得去参加。

内心还自我安慰，现在的付出总有一天会收回来。

四十几岁时，就要去参加葬礼。

就像七十年代拥有电视的家庭的比例一样，每几户中就有一个人结束了波澜万丈的人生。

参加葬礼，才能见到很多平时没空见的面庞。平日忙于生计而疲于奔命，

也就趁着这种时候抽空见面。好久没见，内心欢喜，

却不能表露于脸上，因为这是规矩。

死亡就像传染病，从父辈那里传染到我们这一代人身上。

有人说，

来的时候有顺序，走的时候却毫无顺序。

而我们的人生，就这样，在无数个仪式中消逝。

看似空虚却也并不完全空虚的日子。

纵然所有人都离席，

好日子，依然还在。

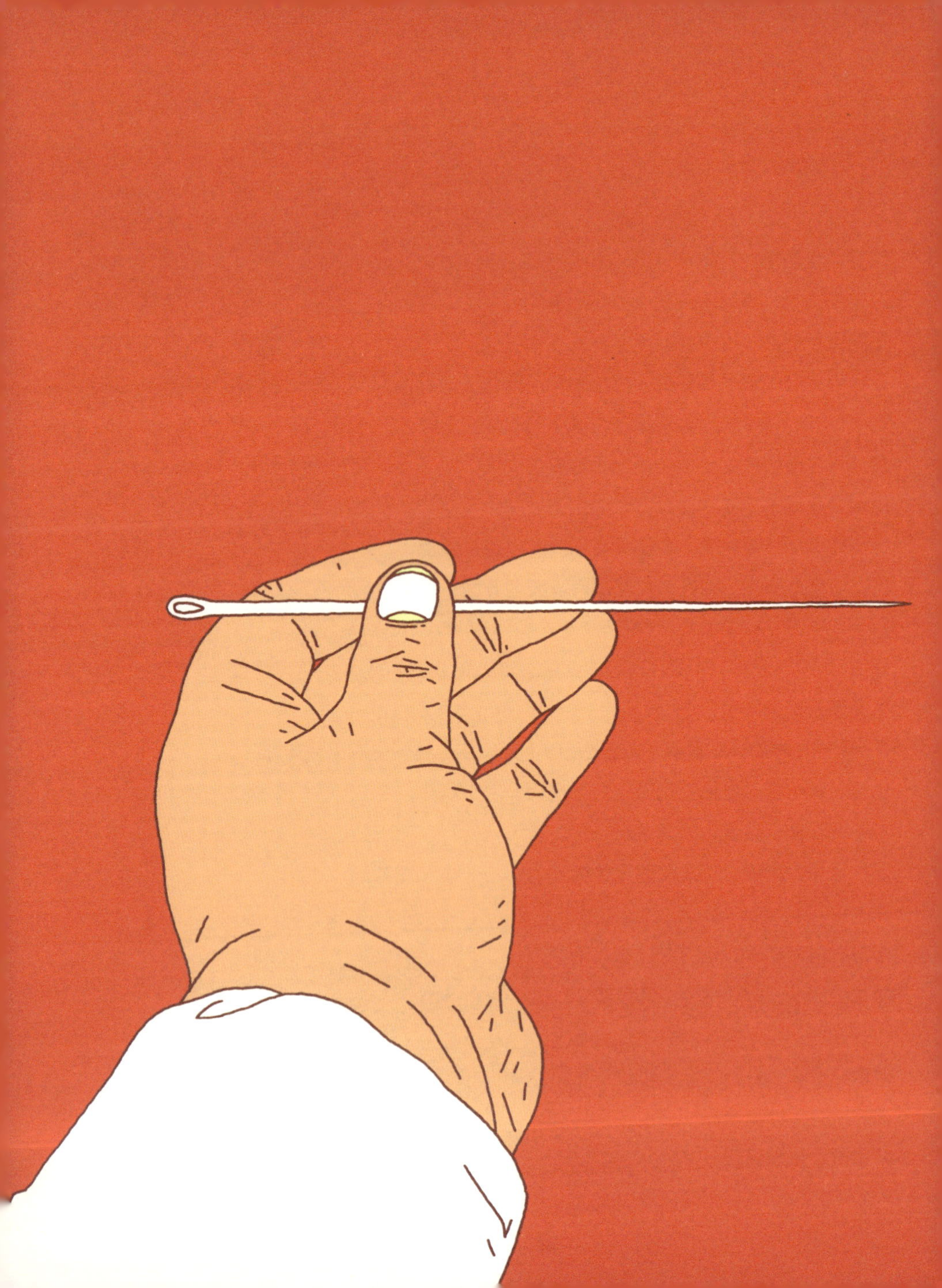

老爸
是如堤坝一样的存在，
是用自己的全部
去挡住悲伤的人。
只需轻轻触碰，
那些悲伤就会像洪水
般暴发出来。
而我——他的儿子
就是要支撑这堤坝、
堵住这悲伤的人。

老爸的主题歌

再难过也不能哭　用笑脸送走曾经的爱人
谁又能真正懂我　刮起来吧大风　彻夜刮吧
想着离去的爱人　哭泣着徘徊在深夜街头
谁能安慰我的痛　刮起来吧大风　彻夜刮吧

这是我老爸的主题歌——《刮起来吧大风》的歌词。
小时候，每当老爸喝下几杯小酒
就会带着几分悲伤唱起这首歌。
每次听到后，我都会不耐烦，深感不解，
老爸为什么要唱这种歌?
然而，时过境迁，多年以后，
每次听到广播放这首歌时，
我都会不由自主地哼唱起来。
我变得像老爸一样。
就像两个一模一样的胡桃，
年纪越大，越像老爸。
无论爱情，还是人生。

胡桃饼干
里面其实没什么胡桃。
剥开我们的爱情
里面会有什么？
不要像用别的东西填满内芯的
胡桃饼干，
希望它被满满的爱意填满，
希望不要有被骗的感觉。

我对儿子说：
“儿子，人活着，
没有什么是百分百完全好，
或百分百完全坏的。
有好的，必然也有坏的。”
我不得不给儿子讲这个
并不怎么美好的人生道理。

比我还懂事的儿子

—

我想有必要告诉年幼的儿子
奶奶病重的事实。
我犹豫了半天，对儿子说：
“儿子，奶奶可能不久就要离开了。”
听到这句，我那上小学的儿子说：
“爸爸，奶奶的病能治好当然很开心，
如果不能，你就多抱抱她，
在她还在的时候，尽量让奶奶开心吧！
还有，奶奶对大家都很好，
一定会去个好地方的。
爸爸，你也不要太伤心哦！”
儿子比我还像个大人。

悲痛，让我一个大人迷失了方向，
找不到答案。
是年幼的儿子给了我答案。

年纪越大
就越有智慧吗？
并不是。年纪越大，人越疲惫。
做的事，就会越来越少。
于是，做傻事的次数也会减少，
如此而已。

年纪大了

—

年纪大了
就会遇到很多年轻的时候想都没想过的事。
曾经一口气跨过两米宽的河的我
会不小心啪嗒掉进水里。
酒桌上能喝赢所有人的我
变得逢人就输，喝几杯，脑袋一歪就趴在桌上睡觉。
走在街上，五十米之外的美女都能一眼捕捉到、
曾感叹自己拥有老鹰般尖锐眼神的我
变得拿到设计感爆棚的名片非但不感动，
反而有种莫名的冲动想把那个采用七磅字号的设计师
揪出来用毒药毒死。
年纪大了，就会遇到这些事。
我变得能对生命中的好与坏、行与不行
画出明确的分界线，
比炎炎夏日午后两点的影子还要鲜明无数倍。
所以，挺好。我变得不给什么人凭空带去希望或期待。
变得明确知道自己的界限在哪里。
所以，上了年纪，犯的错误就会变少。
酒桌上会变得谦虚，
也不会鲁莽地跨过小河，
也会用心去爱看得见的东西。
所以，上了年纪，真的挺好。

一次就好，
多希望能
再一次吃到
妈妈为我做的饭菜。
一次就好。

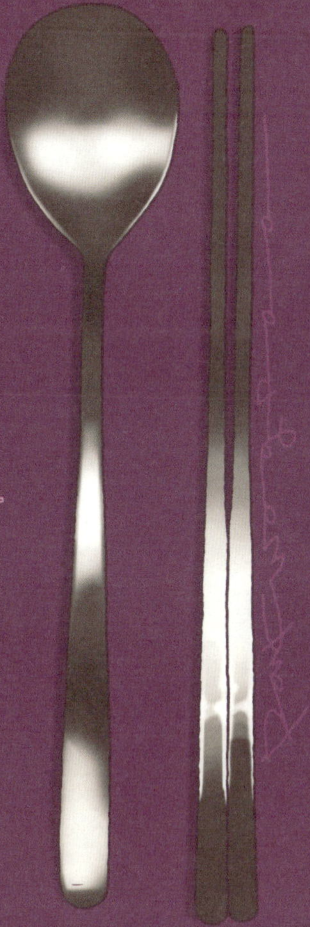

4 再一次，我们的春天。

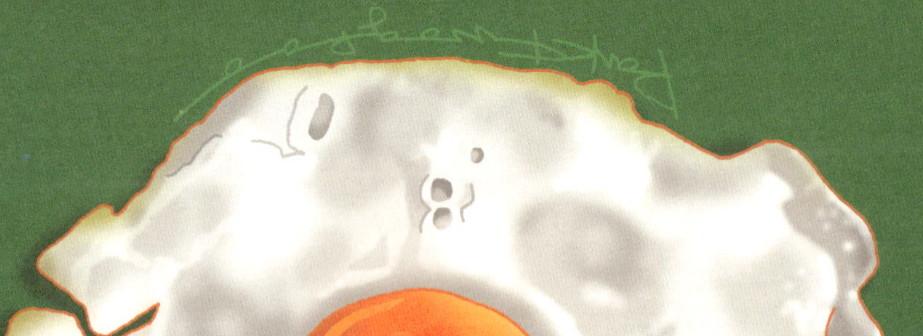

那个人笑着问我：
“打碎，还是不打？”
鸡蛋怎么样都好，只希望我们的爱
不要被打碎。

一步之遥

-

请你
离我一步远
在我后面或在前面前行，
看似有牵制却并无牵制。
有时我会想你，
有时你会想我，
这样的距离刚刚好。

一伸手就能抓到，
看似是我的，但又不是我的，
让我们隔着这样的一段距离相处吧。

在你迷路的时候，
我就在你前面一步之遥，
请你跟着我走就好。
在你孤独的时候，
我会在你身后做你坚强的后盾，
请你放心。

一步之遥
在前或在后。

即使我眼中看到的景象
和大家不同，
即使大家都劝我
摘掉，
我也不会摘下
你给我戴上的眼镜，
这副你给我戴上的
叫作“爱”的
有色眼镜。

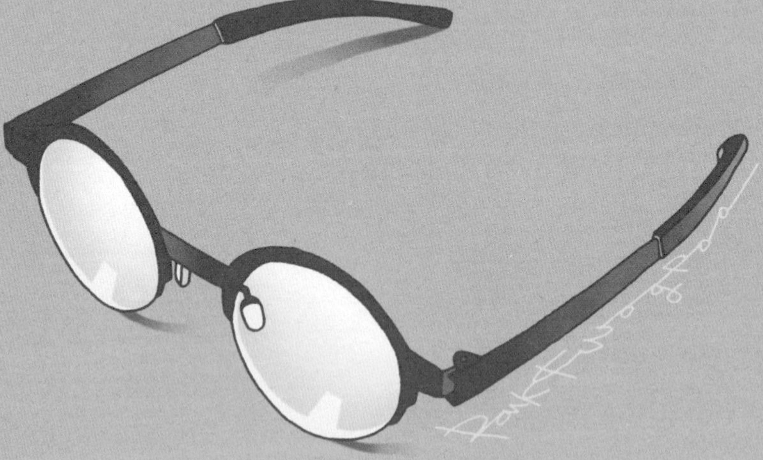

我想对你说

—

我也担心，
但请你相信我。
我也不安，
但请你相信我。
我也累，
但请你相信我。
我也不知道路在何方，
但请你相信我。

相信我。
虽然我无法证明自己值得你相信，
但是这句话我一直都想对你说，
跟着我走到这里的你，我的挚爱。

理赔

—

如果陷入了
注定不会有好结果的爱情，
谁会更吃亏呢？
如果这两个人分别是
有妇之夫和未婚姑娘的话。
是有妇之夫，
还是未婚的姑娘？

傻瓜，答案一定是
爱得更深的那一个。
既然无果，
爱得更深的人
必然会更痛。

没有哪一个人
会因为结婚而改变。
那个人
原本就是那样的人。
只是你不知道而已。
所以
不要埋怨任何人。

人生中最美好的

—

世上有很多“名言”。
网上一搜
就会跳出太多名言，不胜枚举。
但也有一些对别人来说是至理名言，对我来说却毫无共鸣，
就像世人口中的那些稀松平常的话，
很多都是那种。

不过这一句，对我而言算是至理名言。
乔治·桑的这句话，平淡却很真实。

“去爱吧，
人生中最美好的事情莫过于此。”

有的爱是黄色的，
有的爱是红色的，
有的爱是蓝色的，
有的爱是黑色的。
哪一种爱更纯粹？
哪一种爱更高尚？
哪一种爱更美？谁也不知道。
爱就是这样。
不，世上所有爱都是如此。
像树叶的绿色，
像邮筒的红色，
像蓝天的蓝色，
像世上充满了各种各样的颜色一样，
世上所有的爱情也呈现出各种各样的颜色。
像世上所有的颜色都不容否定一样，
世上所有的爱情也都不容否定。

爱，如同它本真的颜色，这就是爱。

迟早有一天
会融化消失，
即使如此，
请你记得我和你的
甜蜜过去。

永恒的

–

花凋谢了，
回忆消失了，
爱情离开了，
不要因此而悲伤。

这世上没有什么
是永恒的。
永恒的
只有回忆。

爱情之所以悲伤

–

小时候
什么都不会，
甚至不知道怎么去爱。
是啊，
如今我们终于能
头头是道地谈论爱是什么，
然而
我们已经老了，
不适合去爱了。

神啊，为什么要把青春
赐予年轻人呢？

完全融化
消失了也无妨，
只要能融进你生命中
增添一份甜蜜
就好。

你的爱
太懒了。
时而打开
时而关闭。
而我的爱
是二十四小时
为你敞开的。
光沫Mart
24
MOTEL
KO

拿你奖学金的那个学生

–

今天
我也在想你。
不仅是今天，
我每天都在想你。
全年无休，
出勤率百分之百。
我是拿你奖学金的那个优等生。
没有一天缺席，
没有一天休息。

无论你在何处，
只要我不停下脚步，
继续前行，
总会遇到你。
因为地球是圆的。

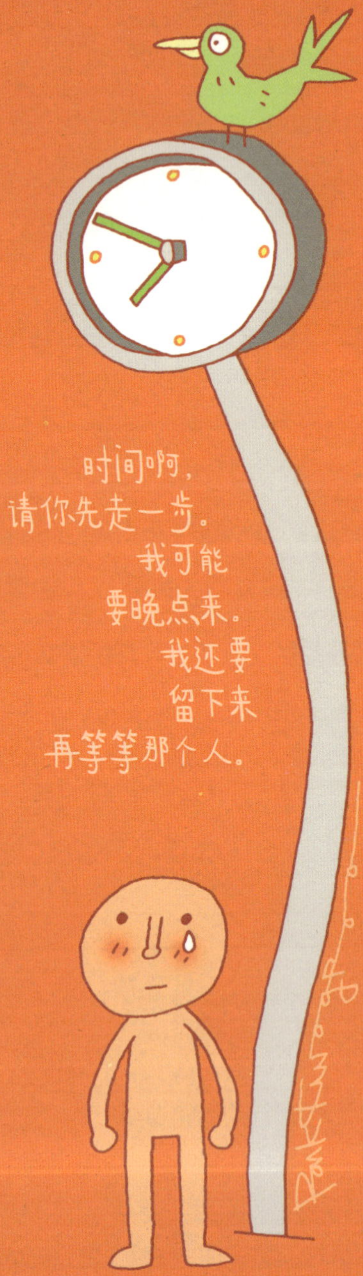
时间啊，
请你先走一步。
我可能
要晚点来。
我还要
留下来
再等等那个人。

那些年的爱

–

我上大学时还没有手机这种东西。
约好的那个人如果没出现，
也联系不上，就只能在原地等。
至少要等一个小时吧，等着等着等累了，想离开了，
又想会不会出了事故，会不会出事？
忍不住担心，不敢轻易离开，只好继续等五六个小时。

是啊，我们的那个年代，现在的年轻人
是不会理解的，只会笑话我们太傻。
然而那个年代有它独有的浪漫等候。
迟到十分钟就发信息、打电话
催促的现代人，早已没有了过去的浪漫。

约好日子，等待那一天到来，心会紧张得怦怦跳。
约会当天，比约定时间提前几个小时出门
悄悄赶路的那种淳朴浪漫早已消逝。

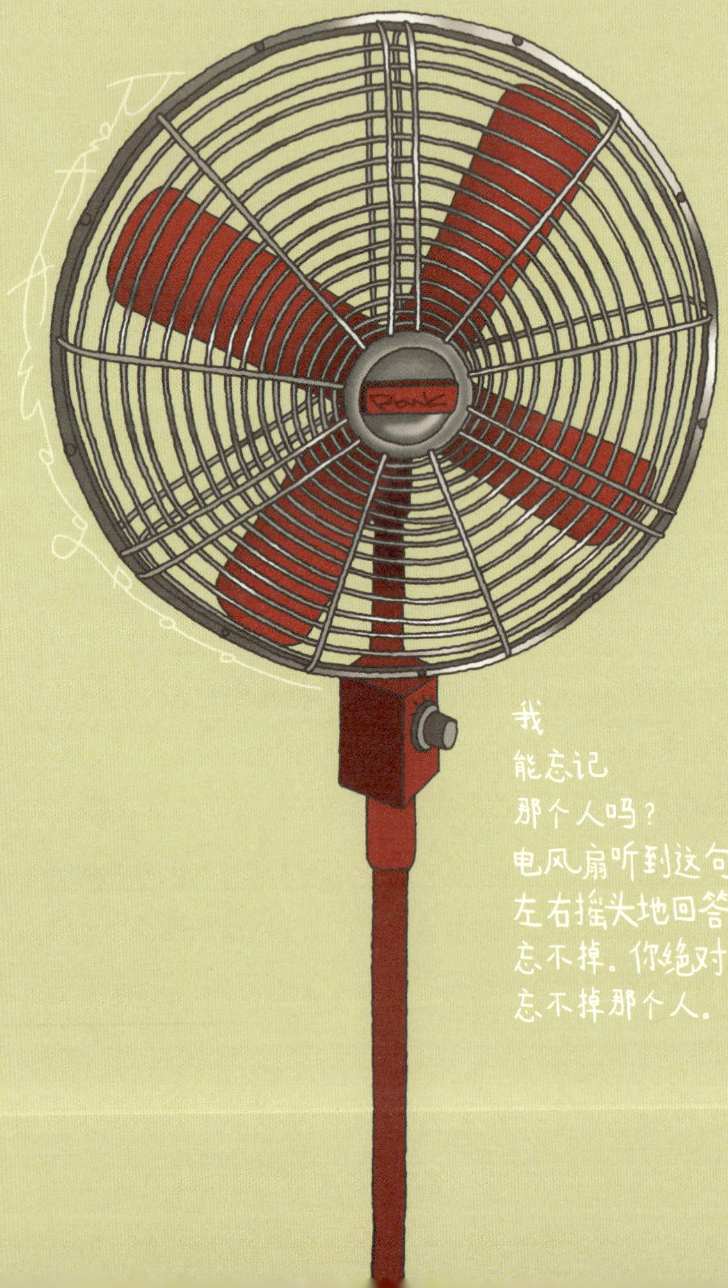

我
能忘记
那个人吗？
电风扇听到这句，
左右摇头地回答道：
忘不掉。你绝对
忘不掉那个人。

我是一阵风

–

亲爱的，我曾经爱过的你，
不要再为我而受伤。
我本是一阵风，
我只是要回到那个原本属于我的地方。
即使我在归途中变成了风，
吹起你的发丝，
即使那一瞬间
让你难过，也不要为我而受伤。
我本就不属于你，
即使我离开也不要伤心。
阳光明媚的日子里
也不要抱着一颗受伤的心
再爬上那个
第一次与我相遇的山坡。

不用着急。
该见到的人
总会见到的。

某位科学家的重大失误

–

我在梦中见到了你。
都说思念太深就会在梦中相遇，
我想你想了这么久，你却姗姗来迟。
我满心喜悦，却不知道下次何时能再见。
我如果继续思念你，
应该还会遇见你吧。
在见不到你的那些日子里
我也不会放弃希望。
如果连这些希望都没有了，
我的生命将毫无意义。
“梦里的世界是黑白的。”
某位科学家这样说过。但他错了。
我在梦中见到你时，
你的背后是一望无际的蓝天。
如果他也看到了那片天空，一定不会那么说。

蓝天啊，
该怎么形容呢？那道风景美得令人心痛。

想象中的房子

—

我买了一个很大的小猪储钱罐，
每次想起你，我就放一百元在里面。
想你了，一百元；
想见你，一百元；
我对不起你，一百元；
我想起了你，一百元……
就这样存的钱越来越多，我用它来买了一块地，
盖了房子，
住进里面。
思念、不舍、愧疚、挂念，
我还用它们在心里盖了一栋房子。

我和你的存在，或许
对彼此是有益的。
或许，像阵风一样
从我身边刮过。
或许，
或许，
或许。

深山里
悄悄开了一朵花。
即使没人知道它的存在，
它也是一朵花。
即使瞒着所有人悄悄爱了一个人，
那也叫作爱。

大海允许的那一天

–

和几个小弟喝酒，有个人问我：
“哥，你认为爱是什么？”
我想了片刻，回答道：
“爱，就像是在大海里游泳。”
听到爱和大海相似，大家一脸诧异。
“在大海里游泳，比在泳池里游泳难得多。
从这方面来看，我觉得在海里游泳和爱一个人很像。”
有一个小弟平时就爱取笑我，这时又来揶揄。
“没怎么见过大海的人，当然觉得难吧。
但对那些在海边出生和长大、习惯在海里游泳的人来说，
应该很简单吧！对他们来讲，爱应该很简单喽？”
我淡淡地回答道：
“是啊！在海边长大、经常在海里游泳的人
肯定比没怎么见过大海的人擅长。
但即使这样的人，在未得到大海的允许前
也是不敢跳进海里的。
越是在海边成长的人，越清楚大海有多可怕。
有趣的是，在大海不允许的时候，
越不了解大海的人，根本不知道大海有多可怕的人，
越敢于跳进大海。”

爱，
就像是
一口永不干涸的水井。
所以舀出满满一大瓢给别人吧。
给完一瓢再给一瓢
都没关系。
不要让对方觉得不够，
再给他
满满一瓢吧。

世上所有单词

—

有一个人向爱提问：
你到底是什么？
你究竟是什么？
你为何让人如此心痛？
爱回答说：
你在我前面不加任何修饰性单词，
只是单纯地去爱了吗？

那就对了。
既然爱了，就够了。
其他任何单词，都没有意义。

橡皮擦，
我该怎么办？
我还没有
把那个人
擦掉。

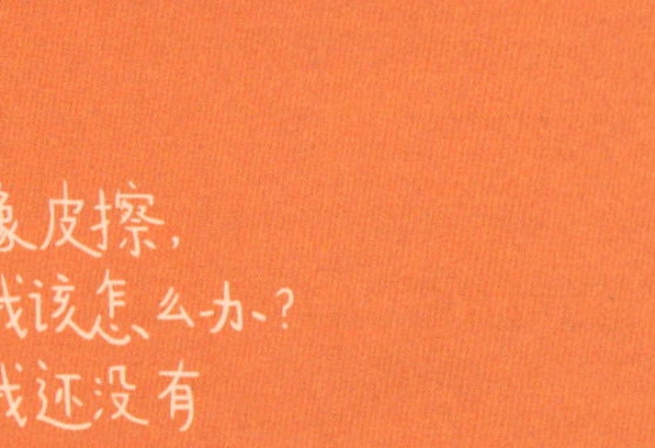

P.S.

-

和你
分手后
我的人生
全部
都是 P.S.。

在愚人节
向人表白的，大部分都是出自真心。
你想一想，谁也不会
向一个自己讨厌的人
表白爱情，即使
是撒谎。

表白再表白

–

“人生最大的荣誉
绝对不是从不跌倒，
而是每次跌倒后还能再爬起来。”
这是纳尔逊·曼德拉说的。
爱也是一样的道理。表白再表白。
怕被拒绝而不表白的人
就如同怕跑步跌倒干脆连起跑线都没敢站上去的
田径选手。田径运动员最大的荣誉
并不是奖牌，而是
他自己所付出的努力，
而这些，只有他自己知道。

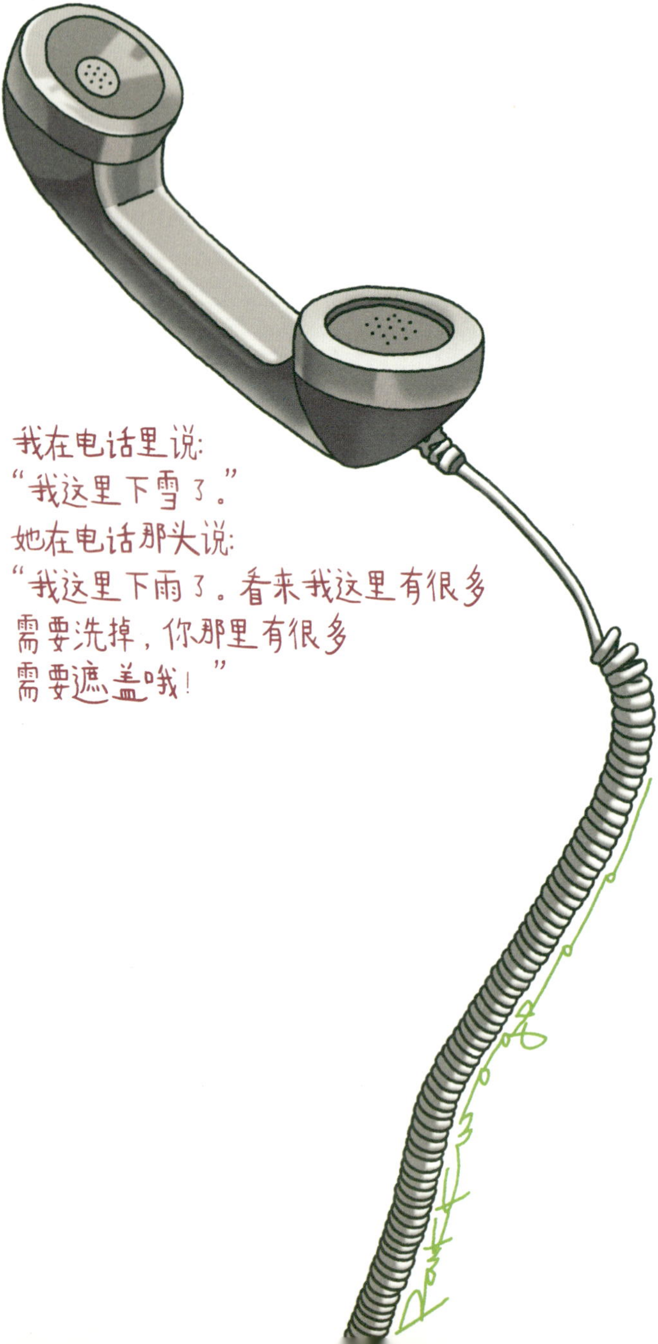

我在电话里说：
“我这里下雪了。”
她在电话那头说：
“我这里下雨了。看来我这里有很多
需要洗掉，你那里有很多
需要遮盖哦！”

你这轮月亮

–

树梢上挂着一轮月亮。
月亮再往那边移一点
就会被树枝尖端戳破。
在你离开的那天夜晚，
我看着危机重重的月亮，
祈祷它不要再向前移。

人，如果太想念某个人
也会在月圆之夜号叫。

不眠之夜

—

把妻子送进疗养医院的老爸
今夜又将迎来一个失眠夜。
每到夜晚
他就像鸽子啄食一样吃掉一颗安眠药。
而这些药丸是他转遍各家医院
一颗颗攒下来的。

把老妈送到疗养医院的儿子
同样，也迎来了不眠之夜。
于是，我向老爸借睡眠。
五颗，可以让你睡饱五个晚上，
老爸说。
我今天
向老爸借来五个安睡的夜晚。

所爱之人如果从你眼前淡出
大部分情况下，爱就会被淡忘。
而深爱，只会变得更深。
就像风一吹，
火柴的火苗便会熄灭
而原野上的大火会更加熊熊燃烧。

你

－

你已经住进
我无法靠近的房子里。
不知为何
有时悲伤，有时开心。
虽然没有插上门闩
我却还是无法打开。

我能打开的
是我心中的那栋房子。
我用回忆这个门闩
打上结界关上了门。
房间里住的是你。
不知为何
有时悲伤，有时开心。

我以前就这样坐在妻子旁边。
我的妻子叫克莱尔。
她是在9·11那天离开的。
谁也没有预料到。某一天我在
打扫壁橱时，发现了一个海滩球。
在我的印象中，吹这个球的人是妻子。
我已经把所有能让我想起妻子的东西都扔掉了。
虽然从未告诉过任何人，
但我真的很痛苦。
唯有一样东西
我没舍得扔，
就是那个海滩球。
因为那里面
还有妻子的
气息。

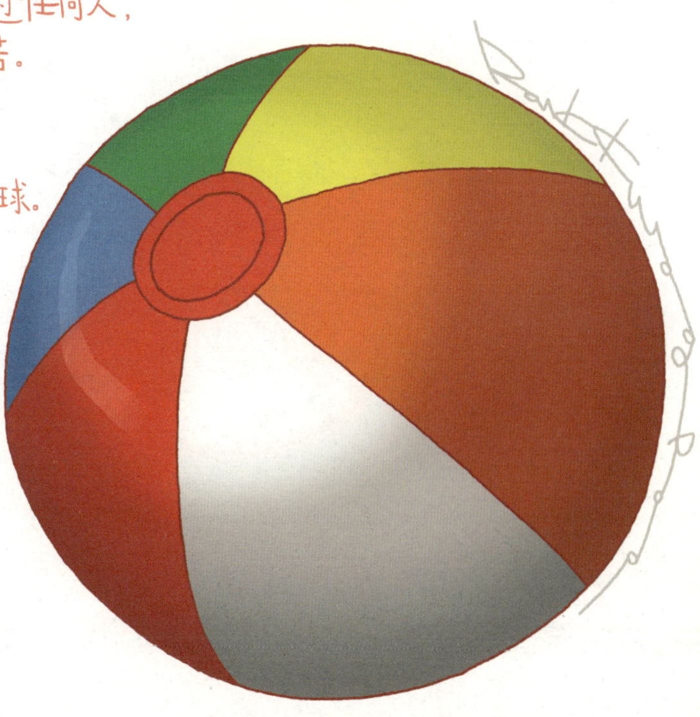

摘自
美剧《CSI》

你感到高兴，
你感到悲伤，
你感到幸福，
你感到不幸，
对这个世界
没有任何影响，
但对我来说，那就是全部。

吱吱吱吱

–

我没有触角，
所以我无法预测我的未来。

我没有触角，
所以我不知道你在何处。

我没有触角，
所以才一直被囚禁在过去
吱吱吱吱叫个不停，寻找你。

世上最温暖的衣服
是人。寒冷的天
被人拥抱，整个身心
都会变暖。这就是人。
也许我们，都是
某个人的衣服。

只有一件衣服的绅士

–

只有一件衣服的绅士。
我人生中
只剩下这一件
衣服了。
所以才会
每天
都穿着同一件衣服。

这件衣服叫作
你。

1
8,140,000
我们买的彩票
中奖概率。

$\frac{1}{606,758,400,000,000}$

我们在地球上相遇的概率。
概率比彩票中奖还低
却还能相遇的两个人。

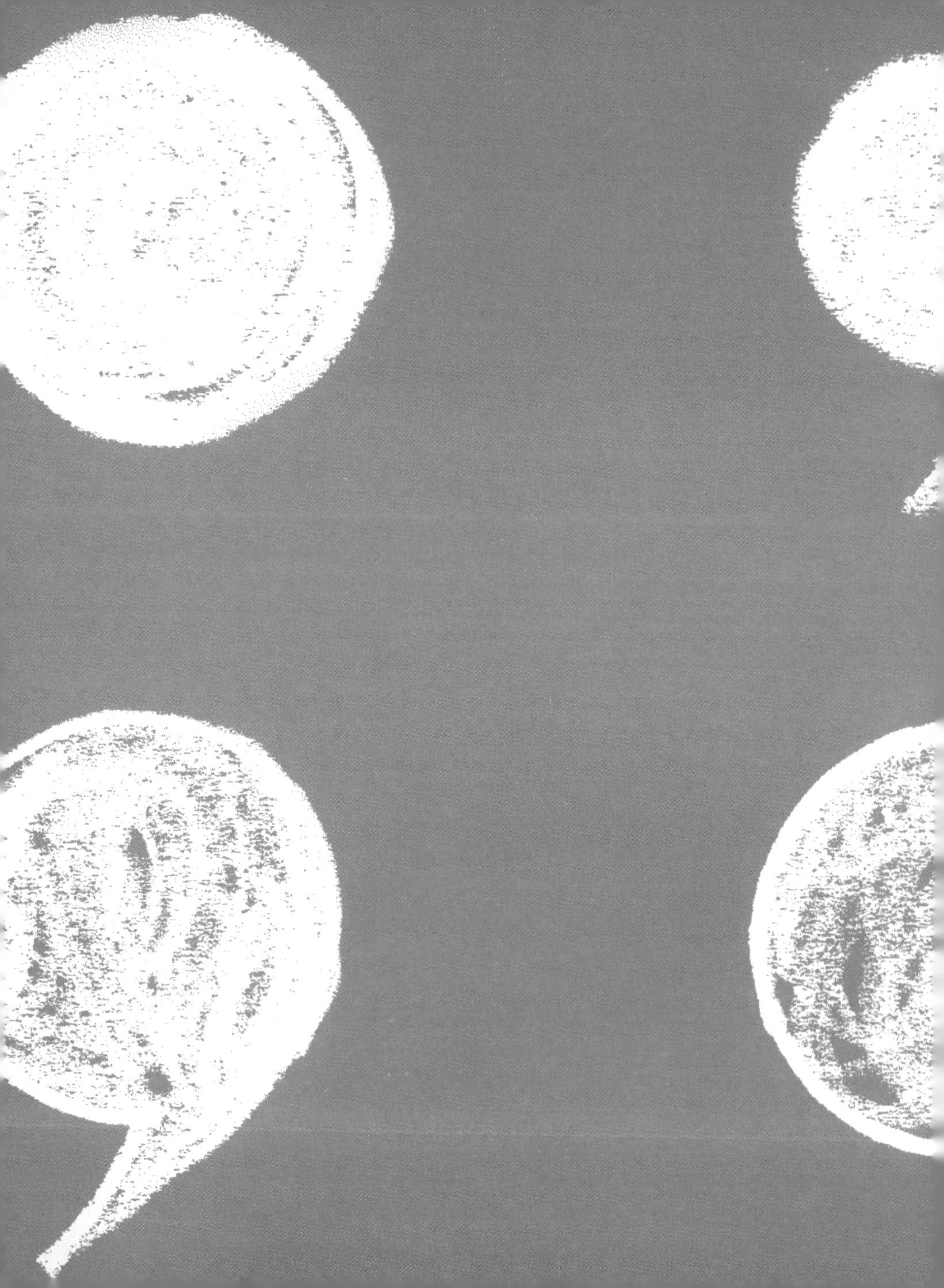

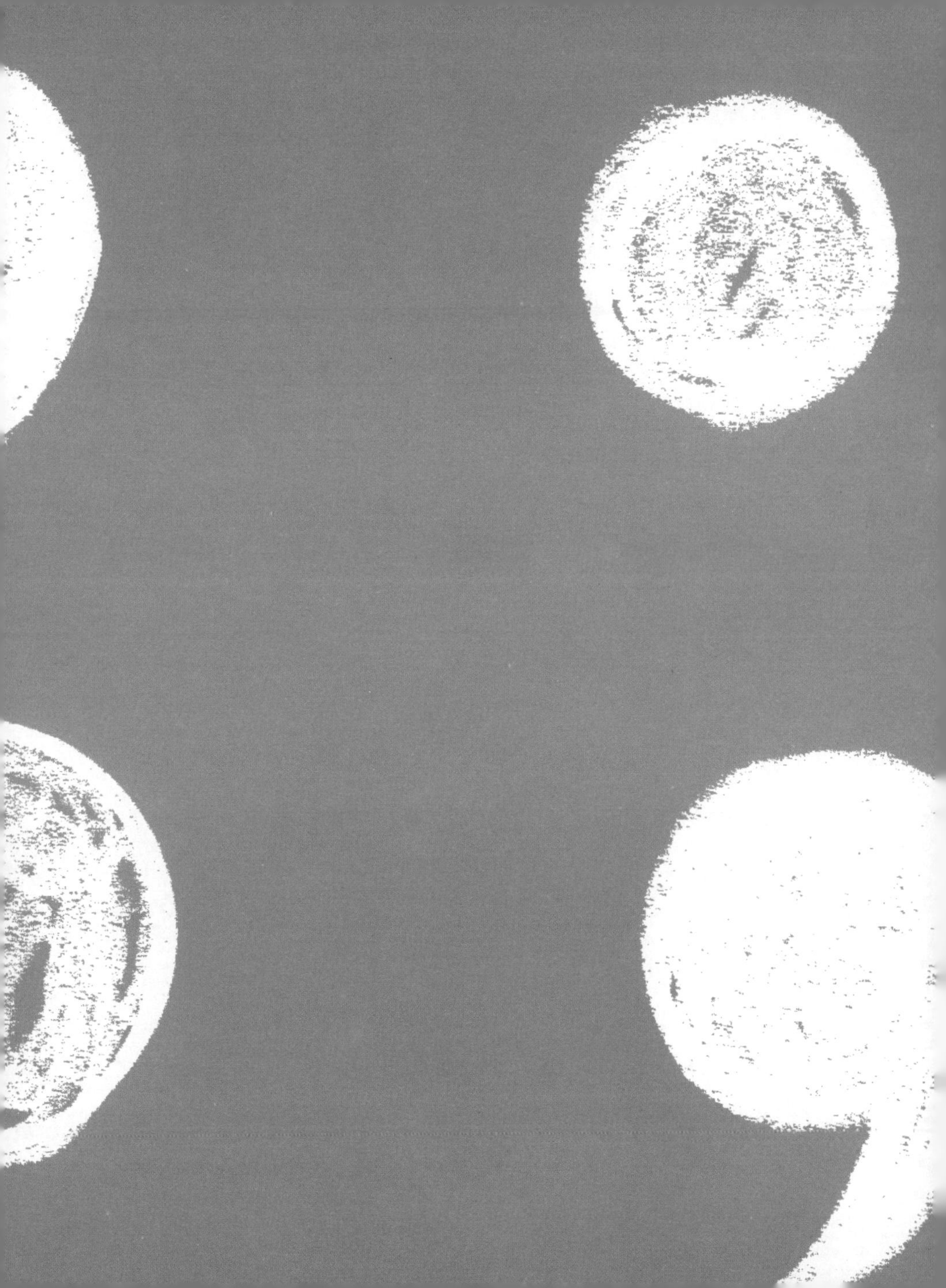

5

真的，很美好的日子。

HAPPY SHAKE!
부드러운
18도
100%

HAPPY SHAKE!
100%
부드러운

好想回到
一个廉价的玩具
就能让我拥有整个世界的
日子。

那个年代的炸酱面

–

小时候老妈让我攥着五百韩元
跟三哥去剪头发。
那时候炸酱面一碗一百五十韩元。
为了和三哥一起吃炸酱面，
我们没有去那家
人均二百五十韩元的能给我们剪一头漂亮发型的理发店，
而是去市场入口的那家店，
把头发交给那个性格粗暴、头发剪得像老鼠啃过似的
但人均只要一百韩元的大叔。
嘴角还沾着炸酱面调料的我们
被老妈质问到底去了哪家店把头发剪成这副德行。
如果能回到当年，
我依然甘愿把自己交给那个
性格粗暴、丝毫没有诚意的大叔。

不知道现在的三哥怎么想，
反正现在的我是愿意的。

世上没有完全坏的话或完全好的话。
“他说话不讲究”，
或许潜台词是指那个人说话不看别人眼色、
明确地说出了自己的想法。
“他人很好”，或许潜台词是指他做事优柔寡断。
优点和缺点就像是硬币的两面。
是优点还是缺点、
取决于你从什么角度看到哪一面。

优点和缺点

–

任何人
都有优点和缺点。
没有谁只有缺点，
也没有谁只有优点。

但也有这样的人——
优点比缺点多，但缺点太大，
盖住了所有的优点；
缺点多于优点，但优点太大，
盖住了所有的缺点。

你是哪一种人呢？

踏上旅途前第一件要做的事是整理行李。
在准备的过程中，内心对目的地的期待达到高潮。
从目的地踏上返程时也要整理行李。
在准备的过程中，与其内心充满沮丧
想着即将要面对的现实，
还不如想象成即将踏上通往现实的一段旅行，如何？
这样，我们的日常
会不会变得比现在
更开心一些呢？

问路

—

那时，我以为自己迷路了。
在很多岔路中
我总以为我现在走的路
是走错了的。
为什么要走这一条呢？
为什么选了这一条呢？
内心重复埋怨了数百数千遍，
依然无法回到那段日子。
但这一切终究是我的决定，
不能埋怨任何人。

一想到走了那么多算不上是路的路，走到现在
或许所有经历都是为了让我到达这里。
再想多少次，
现在的我，都会这么认为。

还有一点可以确信，
以为迷路的那一刻
我也依然是走在路上的。

每次说话
都会飞出唾沫。
以后不要再叫它“唾沫”了，
就叫它“种子”吧。
每次我们开口说话时
从嘴里蹦出去的种子中，有的
会长出花朵开满你的庭院，
有的会成为祸根
让你痛苦很久。
只撒可以长出花朵的种子吧，
让你的庭院被花朵布满。

你来选吧

–

老了之后你是想躺在花园里
开心地仰望天空呢，
还是躺在肮脏的垃圾场
抱着挫败感望着天空？

你来选吧。
现在你撒出去什么，
将来老了之后，你就会躺在那上面。

像按遗言那样活下去吧。
每一天都像照着遗言那样活着。
如果你以永生的态度挥霍每一天，
那么，即使有千年之寿也只是
脆弱不堪；人生都不会有意义。
像遵照遗言那样活着。
没有一丝一毫的谎言，
抱着一颗真实的心活着。

遗言

—

儿子，不要学我。
脸和指尖就没办法了
但是如果生活方式都像你老爸我的话，
人生也会变得跟我一样。
那你这一生都会过得很痛苦
脸和指尖像我就够了，
足以证明我们有血缘关系。

对不起，对不起。
我有很多事情需要你原谅。
走在路上看到公安局我就想去自首。
要想度过完整的人生，
我身上的这些你都不要去学。我没有一件东西
可以留给你做遗产，尤其想叮嘱的是
我不愿意把我这个愚笨的人生留给你。
对不起，对不起，儿子。

小区超市
一瓶烧酒卖一千一百五十韩元。
一瓶有点少，两瓶心情好。
我手里攥着三千四百五十韩元
心里乐开了花。
付完三千四百五十韩元
买了张门票
开开心心走进“极乐世界”。

适合喝酒的日子

-

喝完一杯
就把凋落的花瓣粘在酒瓶上，
再喝完一杯
再把另一片花瓣粘在酒瓶上。
为了记住
自己喝了多少杯，
我用花瓣来数酒杯。

醉意渐深，沉入梦乡。
花瓣飘来落在了我身上。
看来趁我睡着时
它们还在数着。

“我只想说我真的拼命努力了。”
“还是说实话吧。你并没有努力，你只是在抱怨。”

——电影《穿普拉达的女王》

没有意义的下决心

下辈子我想过这样的人生，
没有什么
比花时间想这种事或下这种决心
更没有意义的了。
没有什么
比重复无意义的行为
更愚蠢的了。
我们应该做的
是直到生命最后一刻
都尽全力去活着。
不要成为
还未烧尽的火柴
或还未用完的打火机。

不要去钻研
任何无意义的事情。

界限
如同宗教的信仰。
当你自己
相信界限时
界限就会形成。

消失吧！
我人生中的
所有坏事。

某人的最后一个月

–

平时并不善良的人
在十二月会突然变得善良。
平时从不写信的人
在十二月会给人写信。
十二月就是这样。
并不善良的人变得善良，
从不写信的人执笔写信。
所以
十二月比一月更温暖。

就像花谢了
还会再开的心情一样。

一切向前行进的都在摇晃

坐上公交车，所有东西都在晃。
上了公交车的我在晃
车上的把手和车里的所有东西都在晃。
如果路比平时陡，
当然会晃得更厉害。

在前行的途中，
不喜欢摇晃也没办法。
想想看，
公交车要是按照你的希望不摇晃，
那它就只能停下来。
停下来，
也就意味着不能前往任何地方。
为了到达目的地，任何人都得摇晃。

总不能因为讨厌摇晃就下车，
那就无法到达你想去的地方了。

不要认为你迷了路。
你认为走错的路
只是很多人走过的
岔路口而已。
?

你应该觉得不甘心。
为今天没打中的球
不甘心，
为今天没抓到的球
不甘心。
否则
这个球明天也打不中，
否则
这个球明天也抓不到。

最佳人生

-

对什么都不曾尽全力，
失败后，
或许唯一能做的就是尽全力哭泣吧。
是啊，哭吧。
就算只剩下哭泣，
也请你尽全力放声大哭。
这样才能说，
活了一辈子至少有一样事情
你也是尽了全力的。

只要有梦想
就还没有枯萎
梦想可以使
沙漠里的枯树开花。
你也一样，只要不丢弃梦想，
总有一天会成为开花的树。

傻瓜们的错觉

-

傻瓜们说：
梦想不知何时消失了。
梦想不知何时从自己身上
溜走了。

然而，梦想绝对不会
主动从某人身上溜走。
是他从自己抱着的
梦想身边溜走了。
是傻瓜们的错误
是傻瓜们的错觉。

台湾把自闭症儿童叫作
“星星的孩子”。
也就是“来自星星的孩子”，
比起“自闭症儿童”的叫法
要美丽和帅气一亿万倍。

说到底我们都一样

–

遭遇摩托车事故再也走不了路的酷龙组合江元来
对延世大学名誉教授金东吉教授坦言道：
自己因为那场事故失去了行走的能力，虽然结了婚，但
很久没有孩子。十年后他和妻子通过人工授精有了孩子。
虽然有了一个像自己的小生命是一件
值得祝福的事，但一想到自己是个残疾人，
孩子是否会因为残疾的父亲而在成长过程中受伤呢？
想到这他很害怕也很担心。
金东吉教授听到他的烦恼后，脱口而出：

“我们任何人变老后都是一个身体不便的残疾人，
江先生您只是因为事故比我们先成了残疾人而已。
没什么可担心的，也没什么可丢脸的。”

听到这句，我不由得点了点头。

危险总是
伪装成可能性。
扑通！

人们不会因大石头而跌倒，
因为清楚危险有多大。
反而常常
被不起眼的小石子绊倒。

拥抱羞愧

—

人们面对自己可耻的过去时
会本能地把脸转过去或逃避。
也许是因为疼痛，也许是因为沉重。
但过去和现在总是联系在一起的，
并不能轻易躲过。
所以，别去逃避。
越想逃离可耻的过去，
就越会被牢牢地拴紧；
越想忽视可耻的过去，
它的形象越会变得鲜明清晰。

没关系。没关系。
都已经过去了。
原谅自己吧，
堂堂正正地敞开心扉去拥抱。
无法丢弃的羞愧，用你的心去拥抱。
令人发指的可耻，用你的心去拥抱。
可耻的过去会让你下决心，
而这个决心会改变你的未来。

进过监狱的人
会觉得自己过去
很可耻。
蹲过监狱的经历
并不可耻。
令你蹲监狱的行为
才是可耻的。

通往下一个阶段的门
总是狭窄又低矮。
要想通过它必须俯身低头。
过了这个门，就可以抬起头站直腰。
但请你不要忘记通过时的态度。
放低姿态，保持谦虚，
如果你能记住这一点，
再下一个阶段的门也能轻松通过。

请你铭记

我敢断言，我从来都是第一个到达拍摄现场的。
甚至有策划公司打赌说“你要是比他还早到，你就输了”。
说这种话的人该打。第一个去现场，跟导演和工作人员打招呼，
感受现场的空气，感觉道具的质感，复习背过的台词，
在现场走一走。这有什么可丢人的？
演员，应该培养自己五感的敏锐度。
多接触优秀的作品，有了钱别光想着整容，
多去现场看好的演出。演员的钱要多花在
升级内心而不是外表上面。真实的东西是稀有的，珍贵的。
演员要有自尊感，要想着把自己变得珍贵。
“我是艺术家，我是演员。”在要求别人这样看待自己之前
得先把自己变成这样。不要只想着让自己看上去漂亮、有魅力。
与其花工夫在这些上面，还不如努力学习掌握感情。
技巧有点朴实不够高级又怎样？回归本质。
哭了，眼窝自然会颤抖，流出鼻涕。
某些演员一流鼻涕就大惊失色。有什么大不了的？
我认为表演应该忠实于这些。演员并非模特儿。
要做就做好，不想做就趁早放弃，不要影响别人。
我总会对后辈们说这些话，同时也告诫自己不要放松。
要想成为好演员，就得付出巨大的痛苦。

——演员崔岷植

演员崔岷植说的这段话，并非只适用于演员吧。
我们每个人也要仔细想一想。

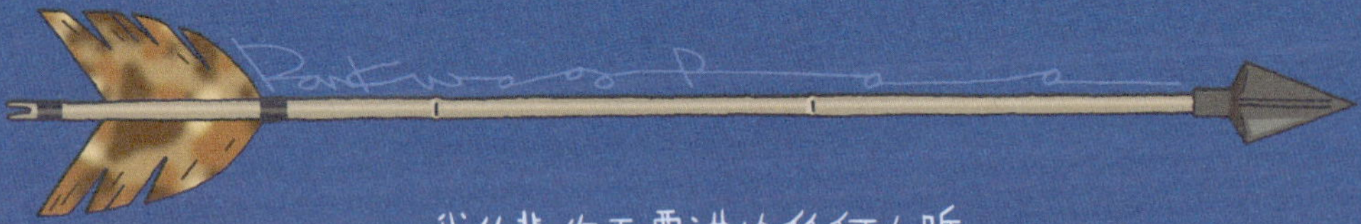

我的悲伤不要讲给任何人听。
我又不是李舜臣将军
总想去隐藏悲伤。
只有射中我胸口的箭
才懂得我的悲伤。

我悲伤的理由

–

并不是因为一个人就感到孤独，
并不是因为孤独就悲伤，
我悲伤
是因为除了我之外的某个人
察觉到了我的孤独。

窗外凶猛的风
在揪着树枝的头发
摇啊摇。

不要找我

–

不要找我。
我要
和你永别。
不要为了找我
来我以前住的地方
四处晃悠，
也不要到处询问我的行踪。

我要离开你，
我要断绝和你的所有缘分，
请不要再来找我，
绝望。

和你分手后的故事
我会讲给希望听。

我在追希望，
绝望在追我。
我还要更加努力地
挣扎着活在这个世界。

底牌
是坦率。
其他的牌
都扔掉。

底牌

-

一副扑克牌
一共有五十二张。
决一胜负时
并不需要所有五十二张牌。
我只需要几张牌
或某一张牌就好。

我只带着一张牌去赴约。
一张名叫坦率的牌。
倒不是因为其他牌没有用，
只是都不如坦率这张牌有用。

没钱令人伤心？
没钱就做不了什么事？
看看周围吧，世上
有太多美好的事物是免费的。
原野上凉爽的风是免费的。
春天开得烂漫的樱花是免费的。
朋友的爽朗笑容是免费的。
某个人烟稀少的村庄里
清爽的空气是免费的。
无论去哪里都无须付租赁费的
我的双腿是免费的。
美得让人怦然心动的晚霞是免费的。
可以享受的东西很多。
所以停止抱怨吧。

与我无关的事

-

某一天在河边
遇到朋友骑着一辆崭新发亮的自行车便问道：
你是从哪儿弄到的？

小时候，在小区巷口看到朋友嘴里叼着
从没见过的大鲨鱼形状的冰激凌便问道：
你是从哪儿买的？

常写错单词的朋友胸前的兜里
插着一支刻着花瓣图案、看上去很贵的钢笔便问道：
谁给你的啊？

在一次聚会上遇到初恋情人
带来的淘气鬼儿子便问道：
从哪儿弄来这么一个小鬼头？

我总是羡慕那些属于别人的东西，便忍不住问：
从哪儿弄到的？

除了分胜负的游戏之外
没有什么是非得战胜的。
人生这个游戏
原本就不是
分胜负的游戏。

精神导师

–

这是一个精神导师的时代。
哪个时代都存在精神导师，
但没有哪个时代像现在这么泛滥成灾。
被别人称为精神导师，
自封为精神导师。
自己都没有悟出道，
还要去教别人什么。

渴望成功的人们
总想在别人的成功故事中找到自己的答案。
但我对身边的人说，
需要建议时
就去找在这个领域失败过的人听听失败之谈。
世上大部分的成功故事
都含有夸张和吹嘘的成分。相反，失败的经历里
会有冷静的自我反省和分析到位的失败原因，
比那些夹着吹嘘的成功之谈
能学到更多。

"人世间充满了痛苦，
但是也有很多人克服了它。"
这句是海伦·凯勒说的。
能听到世人的话、
能与世人沟通的你
比她的条件要好上一百倍。

文学家

–

画漫画出书，
用蹩脚的文章
费力地填满我书中的空白。
好想写一手好文章。
偶遇我尊敬的文学家，
向他请教：
要想写出好文章
该怎么办？

文章不是靠脑子也不是靠手写的，
而是靠屁股来写的。
要坐在椅子上写啊写，一直写到
把屁股坐烂。
久而久之
总有一天你就能写出你所期待的好文章。

说到底
没有什么能胜过时间。

怦怦怦怦。
做能让心脏怦怦直跳的事，
赚的钱少也没关系。
要为那些能让你感觉到
自己还活着的瞬间而活。

现在就去做

–

搞笑艺人朴明秀说过：
“如果你觉得已经晚了，那就是为时已晚。”
是的。爱某个人并不意味着
有无尽的时间可以去表白。
因为害羞，拖到下次再说。
我不说，对方也应该知道我的心
一拖再拖。
除非对方有超能力，
你不说他是不知道的。
爱你、谢谢你、感谢你，
这些话有机会就要及时说出来。
或许，现在就是那个时刻。
鼓起勇气来吧。

你有能开启明日的
钥匙吗？
没有人拥有能开启明日的钥匙，
可谁都在茫然地相信
自己的人生明天、后天、大后天也还会继续。
这就是我们。
但是，或许，今天就是人生的最后一天，
可你呢，还以为“我爱你”拖到明天、后天再说也行，
就这样一天天地拖下去吗？
不要再拖了，
现在就对你爱的人说你爱他。

就现在！！

你明明很认真地活了，可还是这副德行；总有一天你会得到补偿。
你都是随便凑合着过的，可现在过得还很不错；总有一天都会失去。
因为，神从来不会失手。

麻浦大桥的栏杆上写着这样一句话：“现在你需要的不是句号，而是逗号。”

版权登记号：01-2016-7201

图书在版编目（CIP）数据

时间啊请慢些走，我想再等等那个人 /〔韩〕朴光洙著；金成林译 . —北京：现代出版社，2019.8
ISBN 978-7-5143-7946-4

Ⅰ . ①时… Ⅱ . ①朴… ②金… Ⅲ . ①散文集 - 韩国 - 现代 Ⅳ . ① I312.665

中国版本图书馆 CIP 数据核字 (2019) 第 135688 号

어쩌면, 어쩌면, 어쩌면（Maybe…）
Copyright © 2014 by 박광수（Park Kwang Soo, 朴光洙）
All rights reserved.
Simplified Chinese translation Copyright © 2019 by MODERN PRESS CO.,LTD.
Simplified Chinese translation Copyright is arranged with CHUNGRIM PUBLISHING CO., Ltd.
through Eric Yang Agency

时间啊请慢些走，我想再等等那个人

作　　者　〔韩〕朴光洙
译　　者　金成林
责任编辑　赵海燕　毕椿岚
出版发行　现代出版社
通信地址　北京市安定门外安华里 504 号
邮政编码　100011
电　　话　010-64267325　64245264（传真）
网　　址　www.1980xd.com
电子邮箱　xiandai@vip.sina.com
印　　刷　北京瑞禾彩色印刷有限公司
开　　本　880mm × 1230mm　1/32
印　　张　9
字　　数　80 千
版　　次　2019 年 8 月第 1 版　2019 年 8 月第 1 次印刷
书　　号　ISBN 978-7-5143-7946-4
定　　价　52.00 元

版权所有，翻印必究；未经许可，不得转载

朴光洙

通过为世界讲述温暖故事的《光洙随想》，
把平凡人的日常生活充满感动地描述出来。
是一位备受广大读者喜爱的畅销书作家。
主要作品除了《光洙随想》之外，
还有《这辈子没有一天活得轻松》《阿萨拉比亚》
《突然思念人的时候读一读诗歌》《恶魔的百科辞典》《生疏的人们》等。